壮怀激烈

顾浚烈士传

雨花忠魂 雨花英烈系列纪实文学

梁成琛 著

江苏凤凰文艺出版社

图书在版编目（CIP）数据

壮怀激烈：顾浚烈士传 / 梁成琛著. —— 南京：江苏凤凰文艺出版社, 2025.1
（雨花忠魂：雨花英烈系列纪实文学）
ISBN 978-7-5594-8388-1

Ⅰ. ①壮… Ⅱ. ①梁… Ⅲ. ①纪实文学 - 中国 - 当代 Ⅳ. ①I25

中国国家版本馆 CIP 数据核字 (2024) 第 008323 号

壮怀激烈：顾浚烈士传

梁成琛 著

出 版 人	张在健
责任编辑	张　婷
装帧设计	马海云
责任印制	杨　丹
出版发行	江苏凤凰文艺出版社
	南京市中央路 165 号，邮编：210009
网　　址	http://www.jswenyi.com
印　　刷	南京新洲印刷有限公司
开　　本	880 毫米 × 1230 毫米　1/32
印　　张	6.125
字　　数	160 千字
版　　次	2025 年 1 月第 1 版
印　　次	2025 年 1 月第 1 次印刷
书　　号	ISBN 978-7-5594-8388-1
定　　价	35.00 元

江苏凤凰文艺版图书凡印刷、装订错误，可向出版社调换，联系电话 025-83280257

"雨花忠魂·雨花英烈系列纪实文学"丛书编委会

徐 缨　徐 宁　于 阳

吴遵隆　毕飞宇　郑 焱

鲁 敏　高 民　邵峰科

目 录

- 001　楔子
- 001　第一章　少年时代
- 011　第二章　从南京金陵大学转入广州岭南大学
- 021　第三章　在德国与朱德相识
- 029　第四章　踏上回国之路
- 036　第五章　报考黄埔军校
- 044　第六章　开学典礼
- 052　第七章　加入共产党
- 063　第八章　意外的事件
- 071　第九章　加入卫士队参加平叛
- 080　第十章　毕业留校
- 084　第十一章　做一个真正的军人
- 092　第十二章　加入中国青年军人联合会
- 100　第十三章　参加东征
- 109　第十四章　与"孙文主义学会"的斗争
- 117　第十五章　花县事件
- 127　第十六章　参加北伐
- 130　第十七章　调防南昌
- 135　第十八章　控制牛行车站
- 143　第十九章　风云突变
- 149　第二十章　为起义积极做准备
- 152　第二十一章　南昌起义前夕
- 158　第二十二章　率部参加起义

163　　第二十三章　八一枪声
166　　第二十四章　潜回南京从事地下活动
171　　第二十五章　被捕就义

176　　尾声
179　　参考文献

楔　子

有个谜语：刘邦登基诏书——打四川一地名，谜底是宣汉。"宣汉"就是宣扬汉代的"功德"。王充在《论衡·恢国篇》中说"《宣汉》之篇，高汉于周，拟汉过周"，在《论衡·须颂》中说"《宣汉》之篇，论汉已有圣帝，治已太平"，可见他是很看重《宣汉》篇的。王充认为，太平盛世的标准，应当是社会安定，百姓安居乐业。以此为标准，他把汉代与周代做了对比，认为汉代"四海混一，天下定宁"，疆域广大，荒野变成良田，各民族都有所进步。因此，他明确指出："周不如汉。"这就驳斥了俗儒"好褒远称古",认为太平盛世只存在于古代的观点。

在大巴山崇山峻岭间，有一条名叫前河的河流宛如一条巨龙蜿蜒盘旋，宣汉县就在前河流域的大巴山南麓川、渝、鄂、陕接合部，即今四川省达州市东北部，面积4271平方千米，总体地貌"七山一水两分田"。公元前206年，项羽封刘邦为汉王，都南郑，统巴、蜀、汉中31县，县地即属汉王。公元前202年，刘邦建立西汉王朝，宕渠县为益州巴郡所领。公元24年（以下省公元二字），公孙述称王巴蜀，县地为他所建立的大成国管辖。36年冬，东汉灭公孙述统一巴蜀，东汉和帝永元（89年—105年）年间，分宕渠县北部地方置宣汉县（治今达州市），取义宣扬汉王德威，仍属益州巴郡。献帝兴平元年（194年），巴郡移治安汉（今南充市北），宣汉县成属县。建安六年（201年），改属巴西郡（治今阆中保宁镇）。宣汉县管辖现在的达县、宣汉、开江、万源、通江、城口等地区。刘璋改巴郡为巴西郡，宣汉属之。214年，刘备占据益州。216年，刘备分巴西郡置宕渠郡（治今渠县土溪镇城坝村），领宕渠、宣汉两县，属益州。建安二十三年（218年），分巴西郡置宕渠郡（治今渠县土溪镇城坝村），宣汉县属之。蜀汉昭烈帝章武元年（221年），刘备称帝。次年，将宕渠郡还巴西。后主延熙（238年—257年）中复置宕渠郡，"郡建九年省"，地划归巴西郡，仍属益州。263年，曹魏灭蜀后，属梁州。晋武帝太康元年（280年）立平州县（今平昌县），废宣汉县。惠帝元康六年（296年）分巴西郡复置宕渠郡并宣汉县，郡领宣汉、宕渠、汉昌三县，属梁州。303年，梁州郡县没于李特，宕渠郡实废。304年（永兴元年）李雄建立了成汉政权，复置宕渠郡，仍领宣汉等三县。347年东晋桓温灭成汉，地归东晋。373年，则为苻坚的前秦所领，385年又还东晋，404年为谯纵所据，413年再还东晋。420年，东晋灭亡。统治长江流域的南朝宋、齐、梁三个朝代，依次领有巴蜀地方。宋初（420年—439年）新立巴渠郡（治今达县）辖与郡新立的宣汉、始兴、巴渠、东关、始安、下蒲（440年—462年间立）、晋兴7县，其中2县在今南坝镇境内，即巴渠（治今南坝镇黑溪寺）、东关（治今五宝镇境）。齐、梁领属仍旧。梁大同二年（536年），废巴渠郡及宣汉县，其地入万州。梁大同中置宣汉县，为伏虞郡治，县城在四川仪陇大罗乡。553年（西魏废帝二年），西魏攻取巴蜀，改宣汉为石城。恭帝二年（555年）分新安县东部乡里置东乡县（治今普光罗家坝），并在此置石州、巴渠郡。北周建立（557年）置宣汉县（治今宣汉县五宝镇），属和昌郡（郡治东关故城，今万源市固军镇）。北周武帝天和四年（569年）废石州及巴渠郡，仍于东乡置三巴郡，郡领东乡、下蒲，改南晋郡为和昌郡，东关入宣汉县。隋开皇三年（583年）十一月，"罢天下诸郡"，巴渠、下蒲入东乡县，废三巴郡改属通州；废和昌郡，宣汉属并州。开皇五年（585年），自并州（前南晋郡）北二百里迁宣汉县治于东关故城（指和昌郡，今五宝镇境）。随即又废并州，宣汉也改属通州。开皇十八年（598年）改宣汉县为伏虞县。炀帝大业三年（607年），罢通州置通川郡，宣汉县属之。唐武德元年（618年），改通川郡为通州，宣汉县属之。太宗贞观元年（627年），徙宣汉县治新安废镇城（一说徙治于今达州宣汉县东乡镇），仍属通州。天宝元年，罢州为郡，通州改通川郡，郡领县。肃宗乾元元年（758年）罢郡复州，悉复原名。宣汉县先后属之。五代十国时期，宣汉县先后属前蜀（907年—925年）、后唐（923年—936年，925年后唐灭前蜀）、后蜀（934年—965年）的通州。北宋太祖乾德三年（965年）平蜀，改通州为达州，辖东乡、巴渠、石鼓、宣汉。乾德五年（967年），宣汉县入东乡县。1279年，元朝统一了四川。至元二十年（1283年）废东乡县、巴渠入通川县，隶属四川行省川南道夔州路的达州。1363年—1371年，四川为反元农民领袖明玉珍建立的大夏国所统治。1371年6月，明朝控制四川，属四川承宣布政使司夔州府，明成化元年复置东乡县。崇祯十七年（1644年）五月，张献忠部破东乡城，属大西国。1644年，清政权在北京建立，直到顺治十四年（1657年）张献忠余部杨秉胤，在今塔河镇小城寨战败降清，地始属清朝统治。1911年（辛亥）10月10日武昌起义后，11月30日，东乡（宣汉）起义，东乡军政府成立。中华民国元年（1912年），东乡为重庆军政府所辖。2月，成渝两军政府合并，即属蜀军政府；3月，蜀军政府改名四川都督府，东乡为川东道绥定府属地。民国三年袁世凯废府设道，镇地属四川东川道。秋，因避免与江西省东乡县同名，且古为宣汉县地，改名宣汉县。宣汉县在民国五年四月至二十二年十月，先后为护国军、靖国军、江防军、西北自治后援军和援川陕军、川陕边防军所统治。

宣汉南坝镇是一个千年古镇。南坝，古为殷商西方部族，土著民族为巴人。公元前11世纪，周武王灭商，"以其宗姬封于巴"（《华阳国志》），县地即属巴国领域。公元前316年，秦灭巴蜀，县地为秦国领属。公元前314年，秦行郡县制，属巴郡（治江州，今重庆）宕渠县（治今渠县土溪镇城坝村）地。南坝兴场立市始于东汉末年。清康熙时建张庙场。乾嘉时扩展至旧名南坝的平原，改名南坝场。初属四川省川东道夔州府，雍正六年（1728年）改属直隶达州，嘉庆七年（1802年）升达州为绥定府，东乡仍为所属，移太平县城口场主簿署于南坝场，嘉庆十九年（1814年）南坝主簿署移大成寨。南坝镇地处土家族集聚接合部，本土人文资源丰富，也是前河流域20多个乡镇进出和经济、文化、信息中心，交通枢纽和物质集散地。南坝镇是帝师故里。有两位著名的帝师——明朝永乐帝朱棣的老师唐瑜和清朝道光帝的老师陶洪元。闪烁着古老与文明的宣汉，人杰地灵，这里不仅有巴山祖源——普光罗家坝遗址，还有流传至今的古老故事，汉朝大将樊哙曾在此屯兵，留下樊哙店这一地名，巴山秀才袁廷蛟为民请命，白莲教首领王聪儿血染白秀山等历史故事。

宣汉是块英雄辈出的红色土地，1887年诞生于清溪王家坝的王维舟在1923年建立了川东第一个共产主义小组后，组建了川东游击军，为红四方面军入川和川陕革命根据地的建立立下了卓越的功勋，毛泽东亲笔书赠他"忠心耿耿，为党为国"题辞。1933年，10万宣汉儿女参加了红军，独立组建了红三十三军，有 3 万多人为革命献身。 在这块红色的土地上，还留下了李先念、徐向前、许世友等老一辈革命家战斗的足迹，孕育了王维舟、向守志、李永悌、王定烈等十余位将军。顾浚，这个参加过南昌起义的共产主义战士，也是宣汉县人。 然而，他的革命事迹至今却鲜少为人知晓。

第一章
少年时代

巴人祖源宣汉风,
土家山水禅韵生。
高洁空灵佛得仙,
血脉偾张壮吾行。

这首诗的作者是顾尧臣,也就是顾浚的父亲。顾尧臣,又名顾际泰,字尧臣,清末举人,是四川宣汉县南坝场地主。

宣汉县南坝场地主顾际泰的父辈一代依然家境颇富,年收谷千余担,土地遍布于二十多个乡村,森林千多亩,有煤炭厂三个,碗厂一个,酒厂一个。但到了顾际泰时,家境日渐衰落。

顾际泰的妻子孙氏，为顾家生了三男一女。顾际泰的子女中，唯三子顾嘉茂天资聪明。

顾嘉茂出生于1895年8月15日，4岁时，顾际泰就给顾嘉茂讲《西游记》《三国演义》《水浒传》，讲岳飞以及太平天国的故事，这些人民英雄、民族英雄的高大形象和可歌可泣的故事在顾嘉茂幼小的心灵里打下了深深的烙印。

清朝中期，四川当地的苛捐杂税极多，同治十一年（1872年），四川东乡县（今宣汉县）农民袁廷蛟不满县衙和大户浮加赋税盘剥农民，与舅舅赴京控告，结果却被以"鲁莽叩阍罪"解回四川，被四川总督责杖、枷号，仍不屈不挠，继续上告。光绪元年（1875年），与其他县老爷一样，信奉着"三年清知府，十万雪花银"信条的四川东乡县知县孙定扬为了来钱快些，绞尽脑汁，他想着来钱的道，但不管想啥法，终归还得羊毛出在羊身上，向憨厚能忍的农民开刀，于是这位孙知县打起了税收的主意，除了对农民征收中央政府的国税——朝廷的地丁银，自己搞了些征税名目。农民青年袁廷蛟率领700多名农民齐聚县府，要求县令减粮税、算粮账。数日间，饿坐请愿的乡民增至2000多人。东乡知县孙定扬许愿不成，便两次诬告袁聚众滋事，上报到成都请兵剿办。四川总督文恪认为东乡是白莲教首义之区，"盗匪渊薮"，于是命提督李有恒带2000兵到东乡"剿匪"，杀戮手无寸铁的男女老少1000余人，受连累的乡民更是数以万计。

清兵镇压的当晚，袁廷蛟和儿子袁能柏侥幸逃脱，几经周折到北京告御状。然而状没告成，反被押解回川，朝廷竟然命令东乡惨案的直接参与者四川总督文恪查办此案。文恪一面欺上瞒下，谎报矛盾百出的案情；一面继续对袁廷蛟父子严刑逼供。东乡境内一时民愤沸腾。

"东乡血案"由于案件影响太大，一度惊动了慈禧太后。最后，在慈禧太后的钦点下，来自开县（今重庆市开州区）的两江总督李宗羲亲自调查案情，使得此案得以昭雪，知县孙定扬、提督李有恒则被判处死刑,"秋后处决"。 其余相关人员,各自受到相应的处罚。 多年以后,著名剧作家、素有巴蜀怪才之称的魏明伦,根据"东乡血案"创作了戏剧作品《巴山秀才》,还先后搬上了戏台和银幕。

"东乡血案"对顾际泰的触动很大,他看到了官场的腐败,也看到了大户浮加赋税盘剥农民的后果。 眼看家道日益衰落,他不再期望儿子走自己经营的路子,而希望有个儿子能够有文化、有出息。

中国的启蒙教育,历来在启蒙或经馆等一类私立塾堂里进行,素无小学之称。 1878 年(光绪四年)上海创办正蒙书院小班(后改为梅溪小学堂),始有小学雏形。 依据不同的经费来源,小学堂分为官立、公立和私立三种。 私塾是当时乡级传播文化的主要形式,它为农民子弟学习文化提供了一定的方便。 这些私塾的教材教法陈旧,所用课本多为《三字经》《百家姓》《增广贤文》《杂字》等识字课本,教法泥古不变,每天早上由塾师分别面授,只读不讲,上午习字,或描红或写映本,下午学生背书,背不出者或罚跪或罚站。

清宣宗道光二十九年(1849 年),东乡知县陶洪元改修学官,以其地先建有来鹿亭,则命名为"来鹿书院"。

1901 年,6 岁的顾嘉茂入私塾读书。

1904 年,全国都派有学识的人到日本留学,东乡(宣汉)县派景昌运、李乐东去日本弘文学院学习。 李乐东家庭富裕不愿去,只有景昌运一人留学日本。 景昌运在日本学习期间,恰遇孙中山在日本联系留学生,提倡革命,景昌运加入兴中会(后改为同盟会)。 1906 年,景昌运留学归来,任劝学所视学,积极着手革新教育,首先废除孔教,创办师范学校和县立女子中学,同时还将旧有的书院逐步改变成高等和初等小学,把原来的"四书""五经"改为国文、算术、历史、体育、音乐等课程,并担任县高等小学校长兼县师范传习所教员。

是年,顾嘉茂进入县高等小学读书。

1909 年,顾嘉茂 14 岁,就读于"绥郡中学堂"。

绥郡中学堂建校于清末光绪二十九年(1903),至今已有 100 多年的历史，率先在巴山渠水之间废科举，改"汉章书院"为"绥定府预备中学堂"，开创了兴办新学的先河。1905年定名为"绥郡中学堂"。

1909年，清王朝为了欺骗人民，缓和矛盾，在北京成立了咨议院，在各省设立了咨议局。参加咨议局的人员，虽然绝大多数是立宪派的绅士和资产阶级上层人物，但由于清王朝的铁道政策，直接侵犯了他们的切身利益，因而他们便利用咨议局这个类似资产阶级议会的机构来起保路斗争。这时东乡县的冉崇根被选为四川咨议局的议员。1910年，川汉铁路改为官商合办，将公司改称为商办"川汉铁路有限公司"，至此铁路公司的实权便落入了立宪派之手。立宪派与清朝官僚无异，同样腐败无能，贪污浪费非常严重，铁路尚未开工，而股本已耗损殆尽，大多入了官方的私囊。到1911年，清廷在美国等帝国主义的唆使下，不顾人民的反对，竟承认外国投资川汉铁路的特权。

5月9日，正式宣布了铁路干线国有政策，5月18日，令端方为督办川汉铁路大臣，带领鄂军入川强行接管川汉铁路公司，将川汉铁路拍卖给英、美、法、德等帝国主义。全川人无比义愤，誓死反对清王朝的无耻卖国罪行。立宪派见势也卷入了这场斗争。1911年6月7日，正式成立"四川保路同志会"，蒲殿俊、罗纶被选为正副议长。四川各县也纷纷响应，成立了分会。不到半月，参加人数10万余人。7月初，东乡县成立了保路同志会，革命志士奔赴各地开展宣传活动。清溪场成立了保路同志会后，由宋更新等负责，逢场日期，组织教师、学生在关爷庙前召开群众大会，宣传"推翻满清，复兴汉族，打倒专制，建立民国""救民于水火"等主张。他们还提出了四条行动纲领：（一）鼓舞兆民之英气；（二）痛除奸宄之官吏；（三）速组民众之武装；（四）力遏列强之侵凌。并向群众指出不要怕斗争的危险性："恐亡国之后，神明子孙，任人宰割；锦绣河山，变为虎狼窟穴，步印度、波兰之后尘，罹犹太、朝鲜之惨状……"

南坝顾氏从顾际泰起开始逐渐衰败。顾际泰本是清末时期的举人，加上思想进步，他便参加了孙中山领导的辛亥革命，积极宣传推翻清王朝封建统治的革命道理。

1911年10月10日，武昌爆发武装起义。东乡县没有人在武汉直接参加武装起义，但是响应这次革命起义的，东乡县却是全川最早的一个。当时东乡县有个商人（冉崇根的好友）在武昌将黎元洪的安民告示揭了一张，日夜兼程赶回东乡，送给冉崇根。冉崇根得到消息后，即与景昌运、王维舟秘密商量，准备起义，推翻清王朝在东乡的统治。王维舟听后，积极到各地宣传，迅速组织了起义队伍，但是没有一件武器，原本打算使用师范学校讲课用的十多条后膛枪，可是被清知府闻风后收回去了。那时警备队的警长李伯民（马家乡人）（今柳池乡）有后膛枪三四支，但他为人奸猾，不敢与他商量。于是先通知师范学生做好准备，同时由景昌运、冉崇根联合写信函邀请清溪冉登选、普光寺罗伟材来城商议。他俩来后一谈，完全同意起义，然后分别回去训练起义队伍和准备刀矛鸟枪。冉崇根自宜昌兼程到省城。石体元根据斗争形势的发展，劝说崇根回县发动群众闹独立，冉当即表示赞成。冉崇根听到武昌起义的消息，顾虑全消，决心更大。便与冉淮瑞、庞斗南等六七人一道，束装回籍。行至渠县三汇，听说张烈武、夏之时等在重庆成立了蜀军政府，更增强了图谋革命的信心。冉崇根、石体元返回东乡时，便与景昌运、王维舟、宋更新、龚权山、刘子圭、冉雨生、卢玉章、高杰、顾际泰等十余人取得了联系。他们一致同意冉崇根为首领，并用东乡保路同志会的名义以城附近的团练为基本队伍，由王维舟同志负责组成五百人的新军。先后调集了清溪场、普光寺、天生场、七里峡、柏树场、东林河、洋烈子、双庙场、双河场的团练，每场多则五六十人，少则二三十人。顾际泰积极支持东乡的革命壮举，也在南坝场组织了团练。王维舟又亲自到清溪、普光、双河、双庙、南坝、天生等地巡视，组织农民和知识分子，仅半月时间，全县响应者达数万人。冉崇根要求每个场镇推选一个负责人，负责带队入城，做到接连不断，壮大声势，严守纪律，一切行动听指挥，严禁自由行动。当起义日期和起义办法议定之后，正要派人去传达，不料消息泄露，几乎全城皆知。冉崇根立即召开紧急会议，决定提前两天起义。

起义那天夜晚，落了点细雨，街上很滑。师范生五十多人，每人拿一把刀，站在街头巷口，执行戒严，不准行人通过。清溪场冉登选率领五六十人，普光寺罗伟材率领五六十人，准时接踵入城，主攻经收局（现农资公司所在地——编者），缴获来的东西全部放在师范学校内。当时县衙不敢去，警察局也不敢去。第二天全城惊动，革命者的胆子也越来越大，加上师范学生百多人将衙门团团围住，又将四城门关闭后，便派人与县知事吴巽交涉，令其交出一切，不损害其性命和财产，并保证家眷安全离开东乡。吴知事交出印件和枪弹后，全衙人员坐船下了绥定（今达县——编者）。至此，东乡即告光复。第二天召开群众大会，宣布成立东乡县军政府，推选冉崇根为临时军政府参督，王维舟任警备队长，景昌运仍是视学。景昌运曾任东乡县劝学所视学。他急欲在县内推动孙中山的革命主张，但无奈出身寒士又是聋子，只得请来大盐商、资本家、声望极高的袍哥大爷冉崇根当劝学所财务总长。由于冉崇根只会当官，不能理财，就把自己铺子里的学徒工王维舟调来劝学所任会计，管理银钱。辛亥革命前，王维舟受景昌运的影响很大；王维舟从苏联回来以后，景昌运又受王维舟的影响很深。

东乡光复后，冉崇根仿照景昌运订的上海《申报》所载鄂军政府的组织机构，将东乡的权力机构定名为东乡军府，府内设立若干部，冉崇根为参督兼民军司令，王维舟为警备队长，宋更新为宣传部长，向世元、冉崇形为财政部长，凡重大事务由冉崇根召集府内核心人物共同研究处理。

民国元年（1912年）春，"绥郡中学堂"再更名为"绥定联合县立中学"。

顾嘉茂在绥定联合县立中学学习期间，品学兼优，毕业考试名列第一，获得"流芳书传"奖状。

辛亥革命后，顾际泰便在家潜心学医兼开药房。

顾际泰很钟爱他的儿女们，希望他们将来成为社会上有用的人。顾嘉茂少年时喜欢习武健身，这得到了顾际泰的支持。

顾嘉茂最喜欢习练余门拳。余门拳是四川省传统拳术之一，传自四川简阳县余氏，源自华佗"五禽戏"。据记载，东汉末年，名医华佗被曹操杀害后，其弟子吴普、樊问逃离中原，赴云南研考医学。途经四川，路宿宣汉一余姓农家，见主人之父卧病呻吟，便将师传"五禽戏"中适宜治病功法悉心教授。当吴、樊于七八月后返回时，卧病者早已体健神爽，余姓主人万分感激，请教"五禽戏"全部功法。从此，宣汉遂有余家练"五禽戏"之说。这种功法历代相传，又吸取各家精华，形成于明代中叶，具有手法多变、短手劲、提砍砸压特点的宣汉"余门拳"，逐渐形成独具风格的余氏世袭拳术。余门拳在四川地区很有名，被载入了《四川武术大全》，主要分布在重庆开县、云阳，四川达州的达县、宣汉、万源等地。由于宣汉所处的特殊地理位置，这里与外省接触频繁，南坝镇更成了武林高手云集之地，也造就了丁宪章、郑道生、席明成、席明义、李志荣等一代又一代的武林高手。据传源于"五禽戏"的余门拳在这里有数百年历史，最终成就了向平、丁承寿、丁宪章、丁奉高、郑道生、席明义、席明成、席明友等一代又一代的余门拳高手。余门拳因而享誉宣汉、开江、开县、万县、云阳、奉节、重庆、湖北等地。清乾隆四十年（1775年），传到余有福已是余氏第八代了。余有福不但继承了"五禽戏"中的绝妙功法，而且他还向其他门派名师求教，勤奋琢磨苦练，融会贯通，成为当地武艺卓绝的武林高手，闻名于宣汉。余有福既精于内、外两科，又是东乡县武术开派人物，当地向他拜师求教者甚多。因此，余氏家族世袭相传的武功，始传外姓，人称"余门拳"。余有福曾在东乡县南坝镇下场口泡桐树（现南昆大桥下边）设馆教徒，其中开江人熊学能和当地人向平、丁承寿、丁宪章是"余门拳"的重要传人，熊学能是他的得意门生。赤溪（今宣汉县天台乡）董坪人向平前往习艺，董坪到南坝 30 里路，向平来去走河坝，常在河边以手击石，以脚踢卵石，苦练 19 年，脚趾铲平，指甲全无，人称"九头狮子铁脚板"（《宣汉县志》民国版），以拳击柱而瓦落地，平地纵跃而上屋梁。向再传丁承寿，丁授其子先钦、先锡、先铨。先锡习练最好，先锡复传其子荣朝、荣谦、荣芹。荣芹即丁宪章。丁宪章，1883 年生，自幼酷爱武术，继承嫡传秘诀。

顾嘉茂虽然平常喜欢习武，但他对学习并没有放松，学习更加刻苦，希望一举成名天下闻。1914 年，顾嘉茂因家庭需要，报考了北京新民工业专门学校学习机械。

顾嘉茂在北京新民工业专门学校毕业后，怀有远大抱负，不愿经营家庭经济，便又进入昆池陶成书院学习文化。

昆池即昆明池，或称滇池，位于云南省昆明市的西南，是我国第六大淡水湖之一。滇池古称滇南泽，昆明湖，因其水势倒流，故称为滇（颠）。滇池素有"高原明珠"之称，其外形似一弯新月，湖面的海拔高度为 1886 米，高原之湖更是难得一见的风景。昆池得名由来——皇帝御敕"鲲奋天池"。明朝帝师唐瑜，永乐十二年（1414 年），从浙江任官分职，游宦入蜀，定居川东北大巴山深处的宣汉县南坝镇鲲池官池坝。唐瑜育有二子，长子唐鲲，次子唐鲤。昆池得名，就源于唐鲲、唐鲤二人。唐鲲，字天池，官任江南苏州知府。唐鲤，官任黄州知府。据道光十八年版《唐氏族谱》记载，唐鲲出任苏州知府时，在绥定府（现达州）建立"鲲奋天池"牌坊一座。"鲲奋天池"四字由朱棣御敕。唐鲲、唐鲤兄弟去世后，合葬于现昆池磨滩刘家坝。墓前石刻朱棣御敕"鲲奋天池"四字匾额。乡亲们为纪念唐鲲、唐鲤，又捐资在昆池磨滩修建一座石牌坊，牌坊匾额仍刻"鲲奋天池"。后来，人们取其"鲲奋天池"四字中首尾"鲲池"二字作为地名。"鲲池"之名由此而来。乡镇建制时，仍用"鲲池"地名，取名"鲲池乡"，后更为"昆池乡"。撤乡并镇时，"昆池乡"与南坝镇合并为现在的南坝镇。陆游《次韵和杨伯子主簿见赠》："鲲鹏自有天池著，谁谓太狂须束缚？"

书院是唐宋至明清出现的一种独立的教育机构，是私人或官府所设的聚徒讲授、研究学问的场所。书院之设始于唐，兴于宋元，发展于明清。景德镇自古以来人杰地灵，俊采星驰，历代兴办书院之风颇盛。据考，景德镇区域最早出现的书院是浮梁县建于南宋初期的新田书院。丽阳镇建有东山书院。南宋庆元三年（1197年）创办了长芗书院。元代，浮梁县创办了双溪书院。乐平县创办了慈湖书院。清代，景德镇区域的书院得到进一步发展。历史名人中，南宋李椿年、杨简、彭大雅、江万里、刘辰翁，元代马端临、欧阳玄、危素，明代周起元、汤显祖，近代实业家康达等，都与书院有着密不可分的联系。珠山区是景德镇市的核心城市区，涵盖了古代景德镇大部分区域。旧时的景德镇是浮梁县所辖的一个镇。珠山区境内的书院起步较晚，至清代，随着陶瓷产业的发展，人口的繁盛，书院有20余所，其中比较有名的有景仰书院、阊阳书院等。尤其是在清代以及民国时期，因为瓷业的兴盛，景德镇陆续建起了许多会馆，已知会馆24个，其中有书院名称的19个，如都昌会馆称古南书院，徽州会馆称新安书院，湖北会馆称湖北书院等。但这个时候的书院，大多有其名而无其实。民国时期不少会馆以会产办学校，多数仍沿用书院名。据道光《浮梁县志》载，景仰书院位于景德镇五图江家坞，原名净土庵。乾隆十年（1745年）知县李仙洲曾设义学于此。乾隆十二年（1747年）绅士程阅呈请改建书院，未遂。乾隆四十一年（1776年），饶州府驻景德镇同知兴圣纪建景仰书院，并作记，有讲堂、书斋等房21间。清嘉庆二十一年（1816年）同知宁瑞、知县刘丙重修，并增建讲堂，刘丙作记。道光四年（1824年）同知钮士元、知县乔桂重修，延请山长，招考生徒，发放膏火，由同知负责管理。清代龚𫓧的《景德镇陶歌》中亦有记载："窑户陶成、陶庆二会创有书院，曰景仰书院。"书院基金，除置有田产外，还有放贷取息和房租收入。因客籍人要回本籍入学（科举考试），所以景仰生员流动性较大。咸丰年间（1851年—1861年），景仰房屋被烧毁。光绪年间（1875年—1908年），复建景仰书院于东门头（今胜利路，京剧团宿舍所在地），由客籍人组成专门机构管理。新建书院坐西朝东；前有庭院、照壁，正门外有长廊，共三进；中为讲堂，两旁为书房，对着东门头开庭院门。清末，书院停办后，景仰房屋一直由县、镇教育机关使用，其学产收入归于镇办教育专用。

民国三年（1914年）春，东乡县改名宣汉县。

民国五年（1916年）5月，宣汉县知事景昌运代理县知事，改建"来鹿书院"，旧房舍为西式楼房作教室，创建"宣汉县中学堂"（时与县立高等小学合住一校），开设的课程是日本式的，有国文、英文、历史、地理、算术、格致、图画、手工、体操。2月，招收初中新生两个班，与县立高小合校，学制4年，此乃宣汉县办中等教育之始。

随着民族资本主义的发展，西方科学文化的传入，新文化运动的开展，激发了顾嘉茂对国家民族命运的关心。

第二章
从南京金陵大学转入广州岭南大学

1917年,顾嘉茂考入南京金陵大学。金陵大学(The University of Nanking),诞生于1888年(清光绪十四年)的美国基督教会美以美会(卫斯理会,Methodist Church)在南京创办的教会大学,同美国康奈尔大学为姊妹大学。当时社会评价为"中国最好的教会大学",享有"江东之雄""钟山之英"之美誉。金陵大学前身是1888年在南京成立的汇文书院,汇文书院(The Nanking University,1888年—1910年)是金陵大学最早的源头,由美国教会美以美会创办,院址在南京干河沿

（今金陵中学校址）。书院设博物馆（文理科）、医学馆（医科）和神道馆（神学科）。1907年，益智书院高年级和基督书院合并为宏育书院（The Union Christian College），以基督书院为院址，由美在中任院长，文怀恩任副院长。1910年，美国教会合并汇文书院、宏育书院成立金陵大学堂（1915年随京师大学校改名为金陵大学校），美国人包文任校长，文怀恩任副校长，著名书法家、两江师范学堂监督李瑞清题写校名。大学部设于干河沿汇文书院院址，附中设于宏育书院院址，小学设于益智书院院址。合并三书院建立金陵大学，旨在建成一所完备高等学府。金陵大学自1916年起，便陆续迁入新校舍。金陵大学办学理念："沟通中西文化，介绍西方新进科学。"金陵大学师生也十分注重对民族文化的继承和对民族尊严的维护。

1917年9月1日，国民党人在广州召开非常国会，推举孙中山为大元帅，建立护法军政府，发起护法运动。护法运动在广州爆发，遂而广州成为全国政治活动的中心。

22岁的顾嘉茂，告别金陵大学，即奔赴广州岭南大学学习。

岭南大学在旧中国最初由美国基督教会创办，以后收归中国人自办的私立大学。其前身为格致书院，创办于1888年（光绪十四年），校址设在广州城内。1904年迁至广州市海珠区康乐村，改名岭南学堂。清末，学校在规模、管理、教学方面，都堪称广东近代教育的楷模。民国初年，岭大开设了完整的大学课程，省长廖仲恺在财政困难的情况下，拨出30万元给岭大做开办费。1916年，开办文理科大学。

1918年正式称为"岭南大学"，主要设立文理科，由美国人任学校监督（校长），中国人任副监督和教务长。在美国设有董事会。开办之初，规模不大，还缺乏开设完整大学课程的条件，仅办大学预科四年和本科一、二年级，开设了英文、格致、理化、算术、地理、生物等西学课程，在教学中运用实验方法，体育课也成为学校教育的重要部分。

在岭南大学，顾嘉茂接受了进步思想，看清了旧中国的黑暗，爱国思想受到启迪。

一天，顾嘉茂收到了父亲的一封信，父亲在问及他学业情况的同时，告诉了他一件事：四川讨袁之役在奉节胜利之后，王维舟被任命为靖国军第七师五旅第三团团长。在进驻夔府（奉节县）期间，又被任命为边防司令，镇守夔门。后击溃了奉节的刘县长进攻，枪毙了商团团长和警察局长，释放了俘虏。王维舟对军纪进行了整顿，要求官兵不准随便外出，更不准损害民众的利益，违者严加惩处。王维舟深得民心，被称为"王青天"。1918年，王维舟奉命援陕，未到前线，川、滇、黔的援陕军已溃，便驻守万源县城。在万源见颜德基部的溃军李子实等从滚龙坡败退至官渡埠、诸葛坝、王通坪一带的滇黔军在皮货铺、庙坡、大竹河一带，大肆抢掠民财，蹂躏百姓。12月间，王维舟同志即率部进行弹压。1919年初，王维舟下令禁止士兵扰民并捐资开设药铺于城隍庙内，士兵吃药不给药费，从而深得士兵拥护。顾际泰还告诉儿子："我开设的药铺也实行了士兵吃药不要钱的办法。对于贫穷的人，抓药也只收成本费。"

顾嘉茂在给父亲的回信中对父亲的做法表示赞同，并说："得民心的军队必是仁义之师。至于开药铺，赚谁的钱也不能赚穷人的钱。"

顾嘉茂转入广州岭南大学后，感到了一种清新的气氛。

岭南大学从创立之日，就招收海外归来的华侨子弟入学。民国初年岭大正式附设华侨学校，"专为利便华侨学生归国求学及促进华侨教育"。华侨学校的校舍由南洋华侨捐资修建。华侨学校成立以后，侨生人数与年俱增，如著名音乐家冼星海就从新加坡归国就读岭大华侨学校。华侨也为岭大的发展做出了重要贡献。岭大的经费来源，除了一部分来自学生学费外，主要来自社会的捐助，而华侨捐资占了其中很大比例。早于1909年钟荣光就开始出洋向海外华侨募捐。1915年，钟荣光在北美各城市发起成立岭南共进会，由入会华侨每年认捐。总会设于美国纽约，分会遍布美国和加拿大的36个城市。1917

年,岭南大学开始男女同校,在广东属先行者。除了一般的课程教育,岭南大学还专门为女生开设了家政一科,主要内容是教会女生如何当好一个家庭主妇,包括如何烹饪,如何缝制时装,如何讲究西方社会的社交礼貌,如何布置餐桌、安排座位、招待客人等。

岭南大学倡导学生自治,带有浓厚的美国学校风格。校内有三个基本学生组织:学生自治会、治食会和体育会。其中学生自治会又叫学生青年会,处理涉及全体学生的事务,还规定了学生行为规范,并有一套金额不等的罚款制度。比如说,讲粗口或戏弄别人罚款5角等。由班会职员实施罚金,班会职员包括:一名纠察提出犯规事实,一名裁判审理此事,一名司库负责保管罚金。如果有学生觉得同学对他不公,可以向学生青年会提出申诉。学生青年会成员在学年结束时由学校主持选举,全体"岭南人"投票选出,下一学年上任。除了财务员由教师担任,其他全由学生充当。

顾嘉茂被推选为学校学生青年会的主要负责人。

学生青年会除了为学生开展服务工作外,还开展"乡村服务"和"工人服务",经常在假日或周末组织学生到附近乡村举办卫生宣传、施医赠药、防疫注射、种痘、组织平民识字班等,并为校内工友举办工人夜校。青年会还办了一所小学,主要为校内职工而设,收费低廉,同时经营校内小食部"八角亭",收入作为小学经费。

早在孙中山从事革命活动初期,就有学生如陈少白、史坚如、高剑父等追随孙中山革命。进入民国,孙中山曾三次造访岭南大学。1912年2月孙中山辞去临时大总统职务后,任全国铁路督办,致力于振兴实业,倡导"建设之学问",5月9日,孙中山莅临岭大参观,向全校师生做了《非学问无以建设》的演讲。

校歌是一所学校最重要的文化符号之一,一首好的校歌在对外宣传校园文化的同时,能对校友形成强大的感召力。岭南大学曾经流传一首"神曲"《安妮·莱尔》,以第一人称口吻,睹物伤情地怀念着美丽的少女,反复悲叹——

在摇摆的柳树下面
阳光泼洒着微笑
树荫遮蔽在晨露上
也遮蔽了安妮·莱尔
就像森林中的百合花一样清纯的她
从不知道什么是狡诈
百合花把家安在了
甜蜜的安妮·莱尔的胸前
摇摆的柳树潺潺的流水
金色的阳光泼洒微笑
天籁之音不会消散
……

1870年,根据1857年民谣《安妮·莱尔》改编的《远在卡尤加湖之上》,旋律优美动听,散发着中西合璧的艺术气息,更彰显着民国时期大学文化和精神的独特魅力。

顾嘉茂经常带领自治会的学生们高唱岭南大学的校歌:

平原广阔,了近目前,江水流其间。
群邱远绕,恒为障护,奋前莫畏难。
母校屹立,风波不摇,佳气承远方。
地美人娱,乃祖所赐,爱保两勿忘。
韶光几度,花娱鸟乐,饱受春风雨。
使我乐输,黄金时刻,基尔高黉序。
当前百事,待侬担负,不怕半途废。
壮我胸怀,得如昔在,母校光风里。

这首歌是劝勉在校青年学子要珍惜光阴,努力学习,而不要耽于玩乐。

1917年，钟荣光回国任岭南大学副校长、岭南农科大学校长。钟荣光，字惺可，1866年生，香山县小榄镇人。家族颇负名望。他自幼勤奋好学，16岁考中秀才，23岁已设馆授徒，25岁在科场代笔。28岁考中举人，驰骋广东文坛，与刘学询、江孔殷、蔡乃煌被当时文人称"四大金刚"。其后，钟荣光又结识同乡孙中山等，参与1895年广州起义的筹饷工作。1896年加入兴中会，创办报纸，宣传革命思想。1899年，钟荣光受聘美国人开办的广州格致书院任汉文教习，皈依基督教，并戒除作为风流文士的所有不良嗜好。1909年，钟荣光做环球漫游为学校筹款。1911年回国，参加辛亥革命。1912年任广东省教育司长。1913年秋留学美国哥伦比亚大学，获荣誉法学博士学位。

1918年，孙中山在广州任军政府海陆军大元帅时，曾让秘书致函岭南大学，信中说："大元帅对贵校极感兴趣，对其超卓之成就，亦极之嘉许……如时机成熟，彼定对此优异之学校悉力赞助。"4月，孙中山向岭南大学捐助了2000元办学经费。其后，孙中山发起捐建岭南大学附设的岭南医院，并首先捐款1000元。

1919年前后，顾嘉茂得知家乡流传着王维舟军队除暴安民的故事，民众在县城东门外刘家祠立了"除暴安民碑"，在北门外大石盘立了"东乡屏牌"，在素场立了"兆民赖之"等石刻德政碑。他觉得王维舟是顺应民情，宣汉县的广大群众，自觉地为他立碑以表崇敬之意。

1919年4月四川督军熊克武公布《四川靖国各军驻防区域表》，四川军阀防区割据制形成，军阀愈益混战不休。颜德基被江防军余际唐击败，退出了四川。至此宣达一带被江防军占领，东乡知事由江防军第三纵队参谋长舒献珩担任，在宣汉史上被称为江防军时代。

1919年，五四运动爆发，反对封建礼教，提倡男女平等，以北京大学为首兴起男女同校运动。

五四运动爆发后，顾嘉茂率领岭南大学的学生走上街头，游行示威，贴标语，撒传单，做演讲，写文章，进行爱国宣传。不久，顾嘉茂加入中国社会主义青年团。

此时，国内的形势发生了很大变化。

护法战争的失败，让孙中山明白了一个深刻的道理：革命不能依靠一个军阀打倒另一个军阀，必须要有自己的基本武装。于是，陈炯明成为孙中山重点扶持的军事将领。

陈炯明是粤系军事将领，参加过辛亥革命及著名的黄花岗起义。

1917年帮助孙中山打响护法战争，对抗袁世凯。他在军事上支持和帮助孙中山在广东的发展。孙中山在民国初年与南北军阀的较量中，深感没有掌握武装力量，办不成事。在广州开展护法运动时，就着意培植援闽粤军总司令陈炯明，给他拨款、调兵。1918年5月孙中山在桂系军阀逼迫下，离开广州，赴上海，就寄希望于陈炯明，希望陈炯明能驱赶走盘踞广州的桂系军阀岑春煊、陆荣廷。

1920年5月，战火再次在四川猛烈地燃起。唐继尧为了控制四川，无视入川滇军将领的劝阻，尽力排挤不愿听他任意摆布的四川督军熊克武，以"阻挠北伐"为借口，发动了"倒熊"战争，朱德虽然早就提出过将滇军撤回云南，还政于民，滇川和解的正确主张，但不为唐继尧所采纳，身不由己地继续被卷入混战的旋涡中。

1920年8月，孙中山命陈炯明回师广州，驱逐岑春煊和陆荣廷，重组军政府，孙中山出任非常大总统。

在"驱逐客军，川人治川"的口号下，川军各部在熊克武的主持下联合起来，共同对付滇军，人数几倍于滇军。而滇军兵饷无援，处于孤立境地，又恰值时疫流行，死亡极多。一部分将领对唐继尧不满，不愿力战。9月中旬，两军在成都近郊血战九昼夜，滇军大败。川军乘势全力追击。在川的滇军共有两个军：第一军军长为顾品珍，第二军军长为赵又新。第二军共辖两个旅：第三混成旅旅长朱德，第四混成旅旅长金汉鼎。由于第二军参谋长杨森的反水，泸州于10月8日失陷。赵又新在从泸州突围时被击毙。滇军不得不全部退出川境，撤回云南。唐继尧企图控制四川的计划完全失败了。朱德率余部退回云南后，驻扎在滇北的昭通县。将领们回师后，又目睹唐继尧荒淫无度、专横跋扈，更为愤慨。入川滇军第一军军长顾品珍在给云南省长周钟岳的信中沉痛地要求停止对外用兵。但是，唐继尧仍一意孤行，既不给予接济，又责令他们重整旗鼓，再向四川反攻。在这种忍无可忍的情况下，返回云南的滇军将领们秘密聚会，商议要推翻唐继尧在云南的统治。朱德对这次讨唐行动是同情和支持的。他同孙炳文商定，让孙炳文先去北京，他准备在推倒唐继尧后，再前往北京同孙炳文会合，两人一同到国外去。

在俄国十月革命的影响下，五四运动促成了马克思列宁主义与中国工人运动的结合，为中国共产党的成立做了思想上、组织上和干部上的准备。各地共产主义小组的相继建立，标志着成立一个全国统一的共产党组织的条件已经成熟。从1920年春到1921年春，具有共产主义觉悟的革命知识分子李大钊、陈独秀、毛泽东、董必武等开始酝酿组织中国共产党。

在共产国际的帮助下，1921年7月23日，中国共产党第一次全国代表大会第一次会议在上海法租界望志路李汉俊的哥哥李书城家里召开。中国共产党以消除内乱，打倒军阀，民族独立，国家统一为目标，展开了大规模的工农运动，为中国的改革开启了新的篇章。

孙中山提出的联俄、联共、扶助农工的三大政策虽然深得民心，但还是受到国民党右翼分子的牵制，这也为日后的国共斗争埋下了伏笔。

当时，顾嘉茂对中国的现状感到有点困惑，他看到各种不同政见既激烈交锋又从容共存，舆论的力量空前强大，拿枪的军阀也奈何不了拿笔的文人。他觉得，解决中国的问题，仅仅靠文人不行，打不倒拿枪的军阀。

顾嘉茂反复研究清朝末年的历史，1896年后，中国留日学生急速增加，1902年人数甚至超过留学欧美学生的总和。1902年，中国驻日公使和留日学生之间发生摩擦。特别是留学生在学习之余谈论时事政治，秘密支持和展开反清活动。清朝越来越担心这些学生回国之后传播革命思想，最终会危及其统治的安全。在这种情况下，清朝中的一些亲欧派人士开始转向欧洲，欧洲逐渐代替日本成为各地派遣留学生的主要对象国。其中以湖广总督端方为最。清朝看好德国并希望抵消留学生在日本学习期间所产生的那种对清朝的不利影响。在德国人眼里，并不盲目尊崇日本，而是崇尚德国的军事、科学和技术，主张发展德国在湖广的影响。1903 年派往德国的湖北学生马德润在柏林大学获得了政治学博士头衔，而宾步程曾担任过湖南专门学校校长。朱和中 1912 年归国，任南京临时政府陆军参谋部第二局局长，曾翻译过《德国宪法》一书。胡钧 1911 年前回国，1912 年担任北京大总统府秘书。在早期留德生中段祺瑞是其中的佼佼者，是中国叱咤风云的人物，成为北洋三杰中的"北洋之虎"。

顾嘉茂认为，中国要成为一个不受外国列强欺侮的独立国家，就必须首先使自身强大起来。

顾嘉茂觉得自己也应该去外国学习，看看外国怎样维护他们的独立。他并不了解德国的军事，但他很想知道德国的军事在中国是否有用。

德国革命又被称为十一月革命，是德国在 1918 年与 1919 年发生的一连串事件，德国皇帝威廉二世被推翻，魏玛共和国建立。1918 年 10 月 29 日至 11 月 3 日，基尔港首先发生起义。四万名海员及船只认为德国在战争中大势已去，抗拒海军的出兵命令，认为出战只是自取灭亡。11 月 8 日，工人与士兵的议会已占领了德国西部的大部分，为"议会共和"做准备。11 月 9 日，威廉二世被迫退位，德意志帝国灭亡。纵然如此，仍有不少上产或中产分子支持帝制。社会民主党跃升为领导德国的政党，与激进的德国独立社会民主党（Sozialdemokratische Partei Deutschlands）共同执政。1919 年 1 月，斯巴达克同盟发动第二股革命浪潮，让它横扫德国。社民党主席弗里德里希·艾伯特聘用自由军团镇压起义。1 月 15 日，斯巴达克团两位领导人卡尔·李卜克内西与罗莎·卢森堡惨遭杀害。德国革命促成魏玛共和国的成立,同时又促使纳粹党的崛起。 1919年1月,在歌德的故乡——宁静的魏玛小城,德国国民大会的代表们起草并于当年8月11日批准了德国历史上第一部民主共和制宪法,是为《魏玛宪法》。 选址魏玛而非柏林,寓意深长,一战战败的德国人希望能够借此抛弃军国主义、专制主义的旧形象,向世界宣告,在一个熟知歌德的小镇,一个文化的、理性的、民主的崭新德国于斯诞生。 这部倾注了以马克斯·韦伯为代表的德国自由主义精英们大量心血的《魏玛宪法》博采英、美、法、瑞多国宪法之长,表现出了诸多亮点,创造了多项世界纪录。 它全篇181条,14000余字,是当时世界上最长的宪法;它不仅规定了最为广泛的基本自由权利,还创造性地规定了大量社会权利和经济权利,开现代宪法之先河;它引入了经济社会化原则,规定了经济会议制度和劳工会议制度,由此获得了"经济宪法"的美誉。 对于德国而言,最重要的在于,《魏玛宪法》终结了德国近千年的帝制传统,宣告了一个民主共和德国的诞生。

  第一次世界大战之后,德国进入魏玛共和国时代。 1919年1月,北洋军阀政府准备在《巴黎和约》上签字,把战败国德国在中国的各项特权拱手交给日本接管。 消息传出后激起了全国人民的愤怒和反抗。 5月4日,北京学生3000余人,在"外争国权、内除国贼"等口号下,举行示威游行,抗议这个卑鄙的勾当。 在如火如荼的青年运动中,顾嘉茂率领岭南大学的学生积极响应,走出学校走上街头游行示威、贴传单、讲演、写文章,广泛进行爱国宣传。 这对当时广州的青年运动起了很大的推动作用。 此时,欧洲各地的革命浪潮此起彼伏,特别是在德国,各种政治斗争和罢工运动频繁爆发。 德国是一个拥有悠久革命历史的国家,无产阶级革命的导师马克思在这里诞生。 这一切深深地吸引住了追求真理的顾嘉茂。 他决定留学德国,到德国去到马克思的故乡,去寻找革命的真理。

  于是顾嘉茂决定从岭南大学毕业后,就赴德国柏林学习军事。

第三章
在德国与朱德相识

19世纪初,德意志诸侯中军事实力较强的普鲁士在耶拿惨败于拿破仑的部队。拿破仑的法国军队采用了新的军事体制,使武装起来的法国农民成为欧洲武装力量的核心,这对当时腐朽的普鲁士军制和军事教育影响很大。普鲁士政府开始意识到社会、军事改革的必要性和迫切性,1810年,普鲁士政府终于在柏林成立了普军第一所培养高级参谋人员的军官学校,这也开创了世界先例。第一任校长是曾参与拿破仑战争的格哈德·冯·沙恩霍斯特将军,曾在该校任校长达12

年,并写出举世闻名的《战争论》。1859年,该校更名为军事学院。柏林军事学院突破了时代窠臼,革新了部队人员结构。作为高级军官的摇篮,招生不再像先前那样看重学员出身,理念是以"精英"取代"贵族"作为部队的领导层。部队中专业与功绩出色的士兵,可以通过考试竞聘军官。善于灵活使用战术,这使军队的作战能力得到提升,有助于淘汰部队中旧有的贵族庸才。该院隶属于国防部,院长为少将,在联邦国防军副总监察长领导下进行工作。学院下设有院务部,训练、理论与研究部,学员部等。

德国的军事学院与中国的关系一直不错,至少是一种合作关系。在中国与德国加入轴心国之前,两国在军事上的交流是频繁的。1914年夏季,第一次世界大战爆发,中华民国政府宣布中立。民国六年(1917年)8月14日,北京政府宣布对德战争状态,废止中德间条约、合同或协约。民国八年(1919年)9月15日,大总统徐世昌明令布告终止对德战争状态,但两国新关系并未立即正常化;同年10月25日,孙中山领导的广州军政府也宣布终止对德战争状态。民国九年(1920年)3月9日,德国政府派卜尔熙(Herbert von Borch)为驻华代表,谋求与中国恢复关系。经过两个阶段的谈判后,民国十年(1921年)5月20日,中国外交总长颜惠庆与德国代表卜尔熙在北京签订了《中德协约》。7月1日,中德双方在北京外交部互换照会,声明批准,《中德协约》生效。《中德协约》正文共七款,另附德国声明文件及中国复文各一份、中德往来公函共四份等,主要内容有:德国声明放弃其在光绪二十四年(1898年)3月6日与清政府签订的《胶澳租界条约》及其他一切关于山东省的文件中所获得的各项权利;中、德关系正常化等。

1921年9月,顾嘉茂到德国柏林学习军事。

顾嘉茂初到德国,遇到的第一个难题就是语言不通,他需要直接同德国人会话,又要阅读德文的书籍,因而他在学习军事的同时,把主要精力放在顽强地学习德文上。在异国他乡,顾嘉茂孜孜不倦地学习，不断地追求、探索新的东西。他利用课余时间阅读了《资本论》《共产党宣言》《法兰西内战》以及列宁的《国家与革命》等马列主义经典著作，这使他开阔了眼界。他看到发达的工业技术和先进的科学文化常常激动不已。一天，顾嘉茂在报上看到一条放映幻灯片《中国生活》的广告介绍中国最新情况。顾嘉茂兴致勃勃地来到这家影院，里面挤满了人，大多是德国人。首先放映的是《中国的洗澡堂》，接着就放映《中国的剧院》，展现的都是中国的穷和脏。在场的德国人哈哈大笑。顾嘉茂看到外国人肆意丑化我中华民族，心中非常气愤。从1921年到1927年，是德国寻求在华发展的探索期，其间，中国处于军阀割据的状态，是全世界最大的军火市场。由于投资环境不稳定，德国工业界并没有在中国进行大规模工业投资，而是倾向于倾销军火产品，在各个军阀之间周旋，坐收渔利。

就在顾嘉茂在德国柏林学习军事的时候，另一个在四川有影响的人物离他越来越近了。这个人就是朱德。

朱德是四川省仪陇县人，比顾嘉茂大9岁。1909年年初，朱德到昆明考进云南陆军讲武堂，加入中国同盟会。1911年10月在云南参加辛亥革命武装起义，1912年任云南陆军讲武学校军事教官。参加护国战争后，任滇军旅长，在四川参加护法战争。1921年春任云南陆军宪兵司令部司令官职。1922年1月，朱德调任云南省警务处长兼省会警察厅长后，在写给昆明近郊县华寺住持映空和尚的诗文中，对前一段的军旅生活做了这样的回顾："余素喜泉林，厌尘嚣。清末叶，内讧未息，外患频来，生当其时，若尽袖手旁观，必蹈越南覆辙，不得已奋身军界，共济时艰。初意扫除专制，恢复民权，即行告退。讵料国事日非，仔肩难卸，戎马连绵，转瞬十稔。庚申冬，颁师回滇，改膺宪兵司令，维持补救，万端待理，虽未获解甲归田，较之枪林弹雨、血战沙场时，劳逸奚啻天渊。"

为了寻求救国救民的真理，朱德踏上了一条漫漫的求索之路。他在泸州时曾与一些知名文人成立东华诗社，在戎事之余"唱酬寄兴"，以"泄腹内牢骚，忧国忧民，舒心中锦绣，讽人讽事""联翰墨之因缘，咏吟哦之乐事。惟求良友，无负河山"。可见，朱德早期的军旅生涯虽然一路青云，却始终有一种壮志难酬之感。失意的朱德精神陷于迷茫之中，一度消沉，开始吸食鸦片。此时，一位朋友的到来，像一道闪电划破了漆黑的夜幕。这位对朱德一生产生重大影响的朋友就是孙炳文。孙炳文是四川人，辛亥革命前参加了同盟会，之后因为反对袁世凯复辟遭通缉。1916年，两人在护国运动中相识，一见如故，经常一起阅读《新青年》等进步杂志，讨论新文化运动传播的新思潮，并商定出国去寻求新的救国出路。

1922年3月，云南政局又发生一次人们没有预想到的重大变动。出亡香港的唐继尧趁滇军奉孙中山之命北伐的机会，纠集在广西的滇军旧部以及滇南的吴学显、莫卜等土匪，突然向昆明发动进攻。"唐、顾正规军激战于宜良大河两岸，顾军尚称得势时，唐招纳的土匪武装吴学显所属黄诚伯部，由路南方向袭击鹅毛寨，击毙顾品珍。"顾部杨希闵、范石生、蒋光亮等败退广东。唐继尧回到昆明，重新掌握云南军政大权。3月27日，他对朱德发出通缉。朱德和代理滇军总司令的金汉鼎等被迫逃离昆明后，经滇北，渡金沙江，绕至四川会理，在五月中旬回到南溪家中。在南溪，他只住了几天，又启程前往重庆，准备出川去北京寻找孙炳文一同出国。在孙炳文的引导下，朱德决定彻底脱离军阀队伍，寻找一条全新的革命之路。很快，朱德来到上海，住进法国租界内的圣公医院把烟戒了。这段时间里，他大量阅读了朋友送来的进步书刊，如火如荼的工人运动在共产党的领导下展开。这让彷徨的朱德看到了希望的曙光。经过一番周折以后，朱德找到了上海渔阳里，这里既是陈独秀的住所，又是当时的中共中央所在地。

陈独秀没有太多表情地听完了朱德的介绍，仔细地打量着这位滇军名将，然后便是长时间的沉默。朱德要入党。此时，共产党诞生才一年多的时间，党员已经由最初的50多人，发展到190多人，但在各种反动势力的绞杀面前仍显得非常脆弱。在他面前站着的是一个国民党党员，曾为西南秘密社团哥老会成员的旧式军官，他怎么会轻易接收朱德加入共产党呢？当然，陈独秀说得也很委婉：要加入中国共产党的话，必须以工人的事业为自己的事业，并且准备为它献出生命。他从书架上抽出了几本马克思主义著作交给朱德，要他好好学，学通弄懂。对于像朱德这样的旧军人来说，加入中国共产党还需要长时间的学习和真诚的申请。朱德非常失望，甚至感到绝望、混乱。他的一只脚还站在旧秩序里，另一只脚却不能在新秩序中找到立足之地。但无论如何，朱德不会再回到旧军队里去了。

挫折并没有阻挡住朱德对共产主义事业追求的脚步。

1922年9月，朱德与孙炳文、贺芝花等登上了法国邮轮"安吉尔斯号"，开始了前往欧洲的探寻之旅。和朱德同船的还有房师亮、章伯钧、李景泌等十多人。这时，朱德已经36岁，在同行人中他和孙炳文的年龄是最大的。经过40多天的航行，邮轮终于在法国南部的港口马赛停岸。随后，朱德和他的同伴换乘火车前往巴黎。

在巴黎，朱德和孙炳文从留法勤工俭学的学生那里得到了一个好消息：法国已经有了中共旅欧组织，负责人就是周恩来。只可惜，他刚刚去柏林。朱德兴奋极了，他和孙炳文一道又赶往柏林去见周恩来。

1922年10月22日，朱德和孙炳文到达柏林。他们立刻按照打听来的地址找到了周恩来的住所。

一天，柏林近郊瓦尔姆村皇家林荫路的一幢寓所前，朱德怀着忐忑不安的心情敲开了周恩来的门。周恩来和朱德一见如故。

朱德端端正正地站在这个比他年轻10岁的周恩来面前，用平稳的语调，说明自己的身份和经历：他怎样逃出云南，怎样会见孙中山，怎样在上海被陈独秀拒绝，怎样为了寻求自己的新的生活方式和中国的新的道路而来到欧洲。他要求加入中国共产党在柏林的党组织，他一定会努力学习和工作，只要不再回到旧的生活里去——它已经在他的脚底下化为尘埃了，派他做什么工作都行。

11月,经中共旅欧组织负责人张申府和周恩来介绍,朱德和孙炳文加入共产党。 由于工作需要,朱德作为秘密党员,对外的政治身份仍然是国民党员。

朱德和贺芝华来到文德·朗特路88号。

顾嘉茂就住在这里。

"老乡!"

"老表!"

四川老乡见老乡,格外地亲切。

顾嘉茂对朱德的名声早有了解,一见如故,两人相识了。

顾嘉茂和朱德住的地方是一栋两层楼房,最上面有个阁楼。

由于朱德对德文不通,很难和人交流。 顾嘉茂便经常把自己掌握的德国语言教给朱德。 朱德对顾嘉茂十分热情,也时常对顾嘉茂提供一些帮助。 有时,教官在讲授军事课时,顾嘉茂也有不懂的地方,朱德就给顾嘉茂解释,因为他在军事方面既有讲武堂的理论,又有亲身战斗体会。 顾嘉茂在朱德的帮助下,对一些军事问题的理解也就透彻了。 于是,彼此经常交往,感情也愈加深厚。

1923年5月初的一天,顾嘉茂对朱德说:"现在的德国很惨,纸马克的数量开始失控了,不知国内的情况如何?"

朱德说:"有一件事我敢确定,世界上没有一个国家像中国这么悲惨。"

朱德提出,准备到德国哥廷根城奥古斯特大学学习社会科学。

顾嘉茂说:"我想跟你一起去。"

贺芝华说:"我也去哥廷根城奥古斯特大学学习社会科学。"

朱德高兴地道:"那好,我们去哥廷根吧。"

5月4日,顾嘉茂随朱德和贺芝华一起移居到德国中部的哥廷根。哥廷根具备德国很多小城共有的特征,就是一条环城路把城市围起来,内城是椭圆形的。

哥廷根是德国中部城市,有"德国心脏"之称。 虽是一座仅10多万人口的小城，却有 40 多位诺贝尔奖得主或在此读过书或在此教过学。这使其在历史上当之无愧地成为德国的学术之都，哥廷根大学也被称为世界的科学中心。

朱德抵达了哥廷根后，便进入哥廷根大学的社会学和哲学专业学习。

1923 年 7 月，顾嘉茂入哥廷根大学进修社会学和哲学。

哥廷根大学是由德意志汉诺威选侯、同时也是英国国王的乔治二世于 1737 年创建，全称为乔治-奥古斯特-哥廷根大学。自 19 世纪中期以来，它一直是德意志三大研究型大学之一，20 世纪前期，曾创造过人类教育与科学发展史上辉煌的哥廷根时代，自然也吸引了许多中国留学生。

朱德来哥廷根的目的是同中国留学生联络，以从事政治活动。

此时，哥廷根的外国留学生不少，其中中国人占五分之一。于是，他们成立了"哥廷根中国学生会"，朱德任学生会主席。

顾嘉茂加入了中国留学生会，很快和哥廷根的中国留学生融入了一起，在他们的身上，顾嘉茂看到了自信、自尊、自强的民族精神。顾嘉茂和大家一起，为了使中华民族屹立于世界民族之林，宣扬中华民族的优秀传统和古老文化，为了回击外国人对中华民族的歧视、诬蔑、诽谤，他们不惜一切办展览，搞讲演，从而使中华民族声威大振。

朱德赞扬顾嘉茂和学生会的同学说："你们具有一股爱国热情，堪与德国人相匹敌。"

事实也深深地打动着顾嘉茂的心，朱德对他的鼓舞也很大。

顾嘉茂课余继续认真学习马克思主义，阅读了《社会主义从空想到科学的发展》《德意志意识形态》《帝国主义是资本主义的最高阶段》等书。然而，有些留学生课余却花天酒地沉醉于歌舞场中，顾嘉茂知道后十分愤慨，痛斥如此庸俗之辈：将来何谈救国救民！

当时哥廷根还是很小的城市，只有 10 万人，有 40 多个中国留学生，其中四川人就有 10 多个。战败后的德国社会正处在严重动荡中，社会主义思潮广泛传播，马克思主义的书籍很容易得到。他们学习、讨论的内容是把马克思的《共产党宣言》、恩格斯的《社会主义从空想到科学的发展》、列宁的《帝国主义是资本主义的最高阶段》、梅林的《唯物史观》以及布哈林的《共产主义 ABC》等著作作为必读书。同时，还就《向导》《国际通讯》等刊物上登载的有关中国革命的文章进行学习。

1923 年 10 月 1 日，朱德搬到普朗克街 3 号居住。这是一座红砖砌成的德国老式楼房，顶端也有一间阁楼。

顾嘉茂和朱德等人经常在一起讨论理论问题，如什么是社会主义？社会主义同资本主义有什么区别？社会主义制度具体是怎样的？有时在一起分析国际形势和各国革命运动的发展，认识到中国革命问题是同国际问题联系在一起的，这就使他们的政治眼界更加开阔了。

第四章
踏上回国之路

就在顾嘉茂和朱德等人在德国学习的时候，中国的形势也在发生着变化。

1921年年底，孙中山在桂林成立北伐大本营，指挥粤、湘、滇、桂、赣军北伐。陈炯明集内务总长、陆军总长、粤军总司令、广东省长四职于一身，成为军政府的铁腕人物。

随着革命进程的推进，陈炯明与孙中山之间的矛盾逐渐凸显。

1922年6月12日，孙中山举行记者招待会，不点名地指责陈炯明"反对北伐"；而陈炯明6月14

日拘捕财政次长廖仲恺,矛盾基本公开化。

1922年6月15日晚,韶关前线胡汉民派侍从参谋苟渠送来急信。孙中山将信拆开,内中有胡汉民的一封亲笔,揭露陈炯明与吴佩孚相约吴在北方驱除徐世昌,陈炯明在南方推翻孙中山,然后,北吴南陈合璧江山,吴佩孚为总统,陈炯明为副总统,共主中国政局。随信还附有陈炯明与吴佩孚部将陈光远的几封往来密电。

6月16日凌晨两点,孙中山得到粤军通知,陈炯明部队4000余人突然包围总统府,将攻击粤秀楼,情势危急。

陈炯明部队开始向粤秀楼发起进攻,附近枪声响了,有士兵还大喊:"打死孙文!打死孙文!"

从早晨8时到下午4时,总统府承受了猛烈袭击。子弹从四面八方飞来。下午4时,总统府的大铁门被毁坏。叛兵们拿着带血的刺刀和左轮手枪猛冲,宋庆龄等人迅速看准机会,各自夺路而逃。

第二天早晨,宋庆龄一身农妇装束,乘一位朋友为她安排的一艘小汽艇,来到岭南。当天下午,宋庆龄离开广州。

17日上午10时,孙中山转登指挥舰永丰舰后,命令林直勉以最快速度给上海的蒋介石发报告:事紧急,盼速来。随后,孙中山亲率"永丰""永翔"等七舰由长洲驶往白鹅潭,决心在忠于他的海军官兵支持下,与叛军进行战斗。

这天,总统府财政次长廖仲恺夫人何香凝不顾沿途叛军的阻拦和威胁,闯过层层岗哨,冒险来到"永丰"舰。她一见到孙中山,便失声痛哭说:仲恺也被陈炯明扣押,生死不明。

何香凝还报告了一个重要的情况,宋庆龄已被找到,现在岭南大学一个同学家里休养。夫人从总统府突围出来的时候,由于饱受惊吓,加之奔跑劳顿,她怀的孩子小产了。

晚上,出生入死的宋庆龄终于在军舰上见到了孙中山。几天后,蒋介石登上永丰舰,随侍孙中山。直到8月上旬,从江西北伐前线传来消息,回师广州的北伐军李烈钧、许崇智部,在韶关帽子峰及英德等地遭到陈军杨坤如部阻截,陈修爵部又起而反叛,投向陈炯明的怀抱,致使回师讨逆的北伐军全线溃退。 在永丰舰,他们与叛将周旋55天。 由于海军中有三艘巡洋舰已经叛变,永丰舰被敌舰击中,情况十分危险。 孙中山感到广东收复无望。 在蒋介石、程潜等人护送下,孙中山满怀无奈的凄惨心情,乘坐海军方面专门安排的"摩轩号"军舰离开珠江,前往上海。

孙中山来到上海,住在法租界附近一幢二层楼上。 陈炯明事件让孙中山又一次陷入了反思:陈炯明本来是他很信任的人,现在也背叛了他,这惨痛的教训使他觉得,这十三年来搞国民革命,徒有虚名。 他领导了反清、反袁、护法,在他经历的武装斗争中,他先后与会党、新军、南北武人,甚至与日本浪人、军人合作,但获胜的记录却是少之又少。 在广东,他周旋于军阀之间,虽然是大元帅,但无可靠之兵,也无可管之政,他的号令出不了大元帅府一步。 他要实行三民主义,应该掌握各地的政权,应该统一中国。 但是他统一不了,其中一个重要的原因就是他从未掌握过一支以其思想主义、政治理念武装起来的军队,依靠的都是各省的反清武装力量,清廷被推翻后,每人又都是各怀鬼胎,都想当大总统。

于是,孙中山痛下决心:必须培养属于革命的军官,造就一支听命于革命政府的军队。

1923年1月17日,苏联驻华全权大使越飞以到中国南方养病的名义,来到上海,在香山路中山寓所与孙中山会晤,商讨改组国民党,建立革命军以及共产国际援助中国革命等问题。 孙中山需要苏俄的帮助,苏俄也需要在中国寻找他们的同盟者。 苏联答应给孙中山二百万金卢布的帮助,但不是帮助建野战军,而是建军校,培养干部。 随后于1月26日发表《孙中山-越飞宣言》,孙中山向外界表明:国民党将实行联俄。 并随即派廖仲恺与越飞同船赴日,在热海,双方讨论落实"宣言"中的细节和一些未曾公开的问题。

3月,孙中山回到广州,重建大元帅府。 在1923年下半年至次年初，孙中山忠实地贯彻了自己在复电中的承诺，除了应付陈（炯明）军，他的主要注意力放在国民党改组和创办军校的问题上。

1923年6月12日至20日，中国共产党第三次全国代表大会在广州召开。陈独秀、李大钊等30多位代表出席大会，代表全国420名党员。共产国际代表马林参加大会。陈独秀代表第二届中央执行委员会作报告。会议的中心议题是讨论与国民党合作、建立革命统一战线的问题。经过热烈讨论，大会接受了共产国际关于中国共产党同中国国民党进行合作的指示，通过了《关于国民运动及国民党问题的议决案》《中国共产党第三次全国大会宣言》等文件。大会正确估计了孙中山的革命立场和国民党进行改组的可能性，决定采取共产党员以个人身份加入国民党的方式实现国共合作。

8月，孙中山委派国民党代表蒋介石、王登云和共产党代表张太雷、沈定一组成"孙逸仙博士代表团"，赴苏考察政治、军事。他还亲自勘定黄埔长洲岛做校址，把建校工作抓得很紧。中国共产党派李大钊、林伯渠等人也与孙中山进行多次会谈，讨论了两党合作共同革命问题和如何建立革命军队问题。10月，苏联顾问鲍罗廷来到广州，帮助孙中山改组国民党。接着，陆军军官学校也开始筹办。

11月6日，举行第五十八次会议，列席委员林祖涵报告"陆军军官学校筹备情形"，"决议委蒋中正为该校校长，廖仲恺为该校党代表"。

11月26日，国民党临时中央执行委员会举行第十次会议，孙中山主持了这次会议。鉴于军事形势有所缓和，关于义勇军问题，会议决定建立国民军军官学校，校长蒋中正，教练长陈翰誉，政治部主任廖仲恺，筹备执行委员为多人，包括廖仲恺等人，校址定于租界某园。次日，临时中执委会议决议筹组军校事项，推定孙科、吴铁城会同军事委员二人筹备军校，应办之事为：一、定校所；二、设备；三、器具；四、预算购费及安设妥当；五、校内事务所之指定开始办公；六、物色教员，征求学生。这时蒋介石访苏仍未返抵国门，可谓校务主持乏人。

要办好一个学校，首先要选好一个校长，这是谁都明白的道理。陆军军官学校校长是孙中山选定的蒋介石，这是一般人都晓得的。

11月29日，蒋介石一行考察团辞别了苏联政府和越飞夫人，下午2时离开莫斯科回国，并于12月15日上午9时到达上海。

1924年1月《广州民国日报》登出《国民党军官学校之规划》：国民党前由恳亲会开党务讨论会时，经议决组织军官学校，现经中央执行委员会开会，议决进行，命名曰国民军军官学校。1月16日蒋介石由上海到广州，开始筹备组建"国民军军官学校"，准备黄埔军校彩门及对联。

1924年1月20日，国民党"一大"开幕。蒋介石不是大会代表，没有资格正式与会，只能列席。共产党人李大钊、毛泽东、瞿秋白、林祖涵（即林伯渠）等出席大会，并当选担任中央领导工作，为国共合作、创立革命军校奠定了组织基础。大会通过《中国国民党第一次代表大会宣言》，接受中国共产党提出的反帝反封建主张，同意共产党员以个人资格参加国民党。

1月24日"国民军军官学校"筹办未成，孙中山改而下令成立"陆军军官学校筹备委员会"，委任蒋介石为筹备委员会委员长。

2月3日，孙中山又任命蒋介石为中国国民党本部军事委员会委员。

2月6日，开设军校筹备处，共产党员张申甫、胡公勉、茅延桢、金佛庄、徐成章等参加黄埔军校筹建工作。陆军军官学校筹备委员会筹备处在广州南堤2号（今沿江中路第239号对面）正式成立，分设教授部、教练部、管理部、军需部、军医部，指定王柏龄、李济深（由邓演达代）、林振雄、俞飞鹏、宋荣昌为各部临时主任，分部办公。8日，举行校务筹备会议。10日，军校筹委会确定军校招收学生共324名。学校地址选在广州东南方向二十多公里的黄埔岛。

黄埔岛这个地方十分险要，进可以攻，退可以守。万一军阀来袭，也可以反击，确保军校在恶劣的环境下继续办下去。选址黄埔岛，体现了孙中山高深的战略眼光。

2月中旬，军校筹备处组织人员力量到长洲岛进行大扫除，清除荒草，维修校舍，为黄埔军校开学做准备。

黄埔军校成立后，孙中山任校总理，并同党代表廖仲恺、校长蒋介石组成军校最高领导机构——校本部，下设政治部、教练部、教授部、管理部、军需部、军医部等。

1924年第一期《新青年》杂志刊登了黄埔军校第一期的招生启事。当时的青年都喜欢看这本杂志。通过《新青年》，黄埔军校招生的消息迅速在青年中传播开来。在国共两党的共同努力下，黄埔军校招生的消息很快传遍全国。

当时有一个响亮的口号：到黄埔去！

1924年年初，德国柏林军事学院决定停办。

这时，国内传来了开办"陆军军官学校"的消息。

顾嘉茂决定回国，他向朱德提出加入共产党的要求。

朱德说："你的申请，组织上会考虑，我也会找申甫同志和恩来同志说明你的情况，只是你马上要报考广东陆军军官学校，这学校名义上是国民党开办的，你到那里可以联系当地的党组织。我现在暂时不能回国，还要专修社会学。"

顾嘉茂告别了朱德，踏上回国的路。

大风起兮云飞扬。

威加海内兮归故乡。

安得猛士兮守四方！

顾嘉茂十分喜欢刘邦的这首《大风歌》，此刻，顾嘉茂情怀激烈，更加领会到了《大风歌》的气魄。

1924年的春天，29岁的顾嘉茂毅然返回祖国。

顾嘉茂看到了招生简章，心情十分激动，久久不能平静下来。他觉得，作为一个青年，对于自己的未来，对于祖国的未来，甚至对民族的未来，自己应该做些什么。他认为，当下的中国，辛亥革命没有达到目的，广大的农民没有脱离受苦的境地，军阀部队照样黑暗，照样欺压百姓。顾嘉茂看着自己这样的家庭，也一天不如一天，辛亥革命没有达到目的，老百姓照样是苦得很，他想打碎这个黑暗的社会的不公平，于是暗下决心：必须打倒军阀，为老百姓寻找一条脱离苦海的出路。军队是国家的柱石，只有枪杆子才能救中国。

几天来，他一直吟诵着岳飞的《满江红》：

怒发冲冠，凭栏处、潇潇雨歇。抬望眼，仰天长啸，壮怀激烈。
三十功名尘与土，八千里路云和月。莫等闲、白了少年头，空悲切！
靖康耻，犹未雪。臣子恨，何时灭！
驾长车，踏破贺兰山缺。壮志饥餐胡虏肉，笑谈渴饮匈奴血。
待从头、收拾旧山河，朝天阙。

顾嘉茂把自己的想法对父亲顾际泰说了。

顾际泰懂儿子的心思，他这个亲自参加过辛亥革命的同盟会员，对于孙中山的思想早已融会贯通，他觉得自己从事的革命事业没有彻底完成，家里虽然全力以赴地支持推翻清廷的工作，但家底子也越来越薄，虽然研习中医，能医治百姓的病体，但他医治不了社会的病根，心中颇有愧疚。他认为顾嘉茂已经有了自己独立的思考，加上他旅德的所见所闻，既然儿子有远大的理想抱负，是为社会为国家做点事的时候了。

为了支持儿子参加广州军校的考试，顾际泰便卖掉了一部分地和一个场子，凑够了120块大洋，送儿子上路。

临行，顾际泰嘱咐顾浚到了广州可以先去找一下戴季陶或者邵元冲。

第五章
报考黄埔军校

顾嘉茂辞别家人，离开宣汉南坝，来到广州。

顾嘉茂按照父亲的嘱咐，首先找到了邵元冲。

邵元冲比顾嘉茂大五岁。邵元冲，字翼如，浙江绍兴人。清光绪二十九年（1903年）中秀才，清光绪三十二年（1906年）考入杭州浙江高等学堂，同年，加入同盟会。宣统元年（1909年）举拔贡。次年，考取法官，任江苏省镇江地方审判厅庭长。宣统三年（1911年），东渡日本留学。辛亥革命爆发后回国，1912年中华民国成立时任上海《民国新闻》总编辑。"二次革命"起,赴江西湖口,参加过讨袁之役,失败后亡命日本。民国三年加入中华革命党,并担任《国民》杂志编辑。后任中华革命军绍兴司令官,与夏尔图谋控制浙江,因事泄逃亡上海。民国六年,孙中山在广州成立军政府,任陆海军大元帅,邵元冲被任命为大元帅府机要秘书,并代行秘书长职务。后奉孙中山之命视察海外国民党工作,游历美、英、法等国,并去苏联学习军事,再去德国游学。他对顾嘉茂的情况比较熟悉。

邵元冲听了顾嘉茂的自我介绍,答应愿与戴季陶一起保荐顾嘉茂投考黄埔军校。

邵元冲说:"你的父亲也是一方名士,又是参加辛亥革命前辈,这个忙我帮定了。"

于是,邵元冲带着顾嘉茂去拜访戴季陶。

戴季陶比顾嘉茂大四岁,原籍浙江吴兴(今湖州),生于四川广汉,早年留学日本,加入同盟会。辛亥革命后追随孙中山,参加了二次革命和护法战争。五四期间,思想激进,也是中国马克思主义最早的研究者之一,着力于宣传爱国思想,宣传社会主义思潮,对共产主义也做了广泛介绍。他尝试用共产主义说明中国伦理问题,称赞马克思和恩格斯是"天才",称马克思是"近代经济学的大家""近代社会运动的先觉"。他撰文批判有人企图压制思想解放,认为翻译、研究、批评马克思著作是不可也不能禁止的。朱执信等人创办的《建设》杂志还陆续登载过他由日文转译的考茨基著马克思《资本论解说》。但他并不是为了实现工人阶级的最终目标,建立工人阶级当家做主的社会主义国家。他曾对孙中山说:六三罢工以来,"工人直接参加政治社会运动的事,已经开了幕,如果有智识有学问的人不来研究这个问题,就思想上智识上来领导他们,将来渐渐地趋向到不合理不合时的一方面去,实在是很危险的。所以我受了罢市风潮的感动,觉得用温和的社会思想,来指导社会上的多数人,是一桩很紧要的事"。所以,他和陈独秀等早期共产主义者联系密切,并参与了若干中国共产党成立的筹备活动，李立三在一次党史报告中甚至说戴季陶是中国共产党成立的发起人之一，但戴季陶并没有继续朝前进步。1920年，陈独秀到上海组建上海共产党小组，这是全国第一个共产党小组，戴季陶将自己租住的楼让出来给陈独秀一家住。戴季陶经常参加由陈独秀主持、维经斯基参加的在《新青年》杂志社举行的座谈会，讨论有关社会主义和中国社会改造等问题。1920年夏，他曾参加筹建上海共产主义小组，中途退出。其后同张静江、蒋介石等共同经营交易所的投机生意。5月，参加上海"马克思主义研究会"，是中国共产党最早的一批党员之一。

戴季陶问顾嘉茂："你家的条件还不错，还有了老婆孩子，为什么还要报考军校？"

顾嘉茂回答："我家还说得过去，但我报考军校不是为了自己和家庭。"

戴季陶又问："那为了什么？"

顾嘉茂："为了理想。我认为，救国救民比家庭的优越重要，比老婆孩子更重要。"

戴季陶和邵元冲听了都很高兴。

顾嘉茂在报考报名表上填写了自己的简介：

顾浚（濬），又名嘉茂，四川宣汉人。祖辈务农，经济中等。有地产。本县高等小学、北京新民工业专门学校毕业，昆池陶成书院、绥定府联合中学毕业。

明媚的春天里，草木茂盛的黄埔岛上，正默默地等待着一群群热血沸腾的青年学子的到来。学生都来了，但学校却陷入了尴尬的境地。

就在各地考生纷纷到来的时候，作为军校筹备委员会委员长的蒋介石却心事重重，招生布告发出已经两个月了，可枪支和经费却没着落。2月21日，蒋介石突然向孙中山提出辞去军校筹委会委员长职务："自惟愚陋，不克胜任，务请另选贤能以资进行。所有军官学校筹备处已交廖仲恺先生代为交卸。尚乞派人接办,以免延误而不利党务。"于是,蒋介石离广州去了上海。下午,王登云持蒋介石的手令来到筹备处宣布:"诸位不必再忙了,蒋委员长已决定,黄埔军校不办了,筹备处现立即解散。自明日起这里不再办公,黄埔那边,校舍维修到什么程度算什么程度,不再继续,考生的张榜录取和教员、下级干部的聘用即行停止,上海等地还准备往广州来的考生,尽快发电报给毛泽东等人,不得再往广州输送。诸位手上的各项工作也就结束了,都还回原所在的单位去。"

众人惊讶于这突如其来的消息,参加筹备的粤军二师参谋长叶剑英和邓演达表示反对散伙,心里也在嘀咕:这位蒋校长到底怎么回事?各地考生到广州已一个多月,正等着录取,还有一部分人表示怀疑:现突然不办,怎么向考生、向全国解释?此时,广大考生到达广州已经一个多月了,身上的盘缠也花得差不多了,他们不知道什么时候才能考试,更不知道什么时候开学。

顾嘉茂和其他考生一样,只能焦急地等待。

这时,各地的考生依然源源不断地涌向广州——活跃在开滦京汉铁路工人运动中的张隐韬,留学日本的宣侠父,北京朝阳大学学生曾扩情,蒙古草原的荣耀先,山东的李仙洲,安徽的许继慎、曹渊、杨博泉,江西的黄维等青年,还有共产党组织送来的赵尚志、刘志丹等相继奔赴广州。

蒋介石的突然离开,让孙中山和廖仲恺都措手不及。孙中山接到蒋介石的辞呈,百思不得其解,筹办黄埔军校这样的大事,如何几近儿戏,说辞职自己就走了,随意宣布筹备处解散。当下写了几行字,嘱林直勉以中央执行委员会名义致电蒋介石:"蒋中正:务须任劳任怨,百折不回,从穷苦中去奋斗,故不准辞职。"为使黄埔军校筹备工作不受影响,又决定在蒋介石未回之前,由廖仲恺全权负责。

南堤2号黄埔军校筹备处。

廖仲恺把筹备人员召集到一起说:"诸位应该了解,黄埔军校是孙中山先生亲自要办的,是党要办的,不是某个人的奇想。军校肯定要办,不管蒋先生他来不来当校长,不管他个人的意见如何,我们都要办;如果党要办,蒋先生不办,或因此而致军校办不成,蒋先生要开罪于全党,开罪于天下。将来,他如果又想回来参加革命,怕也很困难了。大元帅让我转告诸位,各项筹备工作还需加快。"接着,廖仲恺又具体询问了各方面工作的进展,有什么困难。

一周后,孙中山任命蒋介石为本校入学试验委员会委员长,王柏龄、邓演达、彭素民、严重、钱大钧、胡树森、张家瑞、宋荣昌、简作桢为试验委员。

26日,廖仲恺给蒋介石发出了最后通牒——介石兄:归否,请即复,俾得自决。30日,蒋介石致电廖仲恺,怀疑军校经费不足。廖仲恺复电表示经费不乏,尽可安心办学,惟请即来。

4月1日建校筹备工作结束。11日,孙中山以大元帅名义,任命戴季陶为大本营法制委员会委员长。

4月21日蒋介石返抵广州,谒见孙中山。26日,蒋介石正式来校视事,并对下级干部做第一次讲话。

27日上午,广东高等师范学校的大门口,赫然贴着带有箭头的"陆军军官学校考场"字样的路标。旁边,还贴有一张"陆军军官学校考试委员会启事"。假广东高等师范学校为试验场,举行入学试验,共计各地投考生1200余人,凡三日试毕。

考场门口横一张条桌,考生们在门外面等候,由工作人员按造好的名册,每呼点一个,进去一个,其他人只能怀着兴奋而又不安的心情,目拥着那一个个被点到名的考生。

因各生学术较佳者多,故酌量宽限录取。考试首先进行的是作文,题目是《论中国贫弱的原因和挽救之道》。第二天考数学、历史、地理,第三天体格检查后,最引人注目的口试开始了。蒋介石、廖仲恺、张申府,以及苏联政治总顾问鲍罗廷等人都来到了口试现场。

第一轮招生考试结束后,各地又有大批考生,包括那些路途较远的赶到了广州,军校筹委会即决定举行第二轮考试。考生的成绩已经排定,正式张榜录取在即。军校各科教职员、下级干部的招聘考查正紧锣密鼓地开展,第一期训练计划也相继出台,并送大元帅大本营审定。

4月28日军校第一期学生入学考试放榜。正取生350名,备取生100名,顾浚被录取了,这个人正是顾嘉茂。从此,顾浚代替了顾嘉茂。

这一天,宣布戴季陶再任大本营参议。

4月29日晚八时,戴季陶到黄埔军校筹备处与筹备人员会面,作题为《革命党员的责任》训话:"今天兄弟与各位第一次见面,各位勇气百倍,精神焕发,兄弟非常欣喜!本党为养成革命军事人才,所以办这个学校。各位的责任,是很重大的!以后本党革命建设,能做到如何程度,全在各位的工作如何,希望各位都明白自己的地位才好。今天兄弟有简单的言语,同各位讲:我们中国已立四千余年了。在历史上所占的地位很高,我们所能做的革命事业,是对于中华民族负继往开来的责任;就是对于过去负承继的责任,对于将来负永久存正为世界文化尽力的责任。自本党总理主张革命以来,所倡三民主义都是说明我们对过去将来的责任。我们若不明了我们的历史过去的地位,就不能负将来的责任。"

1924年5月1日,军校第一期学生开始报到。

顾浚退掉了在广州市内的租房,交代了房东:如果有我的信件,请代为保管,有空时,我会来看看。

然后,顾浚背着行李登上了去黄埔岛的轮船。

那深水码头和船闸,险峻的炮台,青翠的松林,突兀的岗峦,巍峨的扯旗山,肥沃的田地,古朴的街道,摊店可口的饮食,田间勤劳的农民,健壮俊美的女夫、船娘,敦厚好客的风俗,温和宜人的气候,让顾浚感到心旷神怡。

榕树丛中隐现无数楼房,房后高山上飘扬着青天白日满地红大旗，江心停着两个烟囱的"中山"兵舰。

船艇徐徐驶近码头，上边一座庞大的建筑，雪白的大门上横着"陆军军官学校"六个浑厚苍劲颜体大字木牌。

顾浚长出一口气对同伴说：啊——到了，这就是我们的学校了。

顾浚与大家一起，拎着行李上岸，跟着领队，向站着卫兵的校门鱼贯走去。

校门口，有人让拿出证件并笑容满面地说：请到接待室登记，听候分配。

顾浚领了一张表格，在上面填写下自己的名字：顾濬（浚）。 在父亲一栏写下父亲的名字：顾尧臣。 母亲一栏写下：孙氏。 有无兄弟姐妹栏写下：兄一弟无姐妹皆无。 是否结婚一栏写下：未婚。

教官收到表格后注明分配的番号，盖章发还给顾浚。

第一期黄埔学生组成学生总队，邓演达为总队长，全部分为四个队，均为步兵科。

黄埔军校第一期来自21个省市的学生队伍里，出身五花八门，有学生，有教师，有军官，有工人，有农民；年龄不一，最大的是荣耀先，1874年生，50岁，最小的是谭煜麟、李隆光和刘璠三人，都是1908年生，只有16岁；文化程度也不一样，从小学到大学都有，甚至留学生都有2位：留学德国哥廷根大学的顾浚和留学日本北海道帝国大学的宣侠父。 徐向前、胡宗南教过书，蒋先云、张隐韬、赵枬从事过工人运动，曹渊、许继慎从事过学生运动，都是各阶层的优秀分子。

顾浚被编入黄埔军校第一期第一队。 区队长、少校战术教官郜子举是河南鲁山人，北京崇德学校、保定陆军军官学校第八期步科毕业。 1924年春到广州，任黄埔军校第一期区队长、少校战术教官，比顾浚小两岁。

办完手续，顾浚跟着人走出校门右转，经过侧门、大操场。

操场一侧，用木头和向日葵秆搭成的主席台上方，巨幅横标上写着"陆军军官学校开学典礼"几个大字，两旁伸开去的横标上写着：

"打倒列强,打倒军阀!"

到了宿舍,整理好行李。大家闲聊起来,这时,顾浚才知道同宿舍的四川籍的学员有好几位。

曾扩情,比顾浚小两岁。原名朝笏,别号慕沂,四川威远人,祖辈务农,贫无地产。本县国民学校高级班、县立初级中学毕业,北京朝阳大学法科肄业一年。曾任模范国民学校教员,县劝学所事务员,民团总局教练等。1921年6月,由曹叔宝、刘绍武、董钺介绍加入国民党。1924年春,由国民党一大代表谭熙鸿、李大钊、石瑛、丁惟汾、谭克敏保荐投考黄埔军校。同年5月到广州,入黄埔军校第一期第一队学习。

周惠元,比顾浚小九岁。四川双流红石乡人,起义将领。20世纪20年代肄业于成属联中(今石室中学),旋考入天津南开中学,毕业后考入北京师范大学。1924年与同学华阳、孙元良同赴广州,考入黄埔陆军军官学校第一期。

王公亮是四川叙永人,比顾浚小六岁。1923年入广东肇庆西江陆海军讲武堂学习。1924年春由该学堂保送入黄埔军校第一期第一队学习。

颜浚,与顾浚都是四川宣汉人,也比顾浚小六岁。别号哲文,是四川省立宣汉中学、成都高等师范学校、苏联莫斯科中山大学毕业。1924年春到广州,入黄埔军校第一期第一队学习。

大家的装束却都是清一色的灰布军装和大檐帽。在他们的入学志愿里,大多是为救国救民而来,为主义而来,为学习革命的方法而来。共同的革命抱负和远大理想,让这些热血青年聚集到了黄埔岛。

第六章
开学典礼

1924年5月2日,岭南大学举行纪念史坚如烈士像揭幕暨黄花岗起义13周年大会,孙中山应邀出席了纪念大会,并向师生做了题为《世界道德之新潮流》的演说,希望青年学生立志为国家服务,为社会服务。孙中山对岭南大学的办学成绩曾予以充分肯定,并给予经济资助。

5月3日,孙中山任命蒋介石为陆军军官学校校长,兼粤军总司令部参谋长。5月5日军校第一期正取生350余人进校,编为第1、第2、第3队,合组为学生总队,以邓演达为总队长（兼），严重为副总队长，先期开始新兵训练。后第一期备取生120余人进校，编为第4队，与先期入校的第1、第2、第3队合称为第1总队，总计学生人数480余人。其中以共产党员身份考入黄埔军校的有29人，他们是：赵子俊、蒋先云、李之龙、张其雄、刘畴西、张隐韬、唐际盛、陈赓、赵枬、李汉藩、荣耀先、游步瀛、谭鹿鸣、宣侠父、董仲明（董朗）、彭干臣、白海风、郭一予、王逸常、伍文生、黄再新、周启邦、洪剑雄、赵自选、刘云、杨其纲、文起代、江镇寰、樊崧华。

5月9日，孙中山委任廖仲恺为中国国民党驻校党代表，按党代表制度规定，校长或各行政长官的文书命令，没有同级党代表的副署，不能生效。军校举行第一次校务会议，此为校务会议成立之开始。南堤陆军军官学校筹备处，改为陆军军官学校驻省办事处。

5月10日，军校呈请任命李济深为军校教练部主任，王柏龄为军校教授部主任，何应钦为军校总教官。后继委任戴季陶为军校政治部主任，共产党人张申府为副主任。

教官的办公室里，有一半的教官来自保定军校。包括校长蒋介石、总教官何应钦、教练部主任李济深、教练部副主任邓演达、教授部主任王柏龄、战术教官严重、战术教官刘峙、战术教官顾祝同、队长金佛庄等。据资料，民国时期先后在黄埔军校本部及各分校担任教官（队官）的保定陆军军官学校生，总计有861名。这个数字显然高于其他军校生在黄埔军校任教官的数量，原因有三：首先是保定陆军军官学校学员基数较大，其次是保定陆军军官学校同学录，以及教官的存史资料较完整，三是因为保定军校早期生，还包括其前身保定陆军武备学堂、保定陆军速成学堂生出道较早雄踞要津，师生效应络绎不绝。还有一些教官来自云南讲武学堂和粤军，有叶剑英、陈诚等人，此外，苏联先后派来一百多人，到黄埔军校担任教官，这些人中很多经历过第一次世界大战，其中有著名的加伦将军、巴普洛夫。

黄埔军校一期军事教育科目：（一）学科方面，最初教学生以步兵操典、射击教范、野外勤务令等基本军事学识，继则教以四大教程——战术、兵器、交通、筑城等，以上学科由各教官以平日之心得撮要，钩玄详为讲述，由学生各自笔记，以便诵习。此外，对于军制学、交通学、军队内务规则、陆军礼节、军语、军队符号等，亦择要详讲。至于战术作业、实地测图，亦按步实施。总之，对于军事学之必要学科，俱教授无遗焉。（二）术科方面，学生入校以后，即施以制式教练。最初为单人徒手教练，教以各种步法暨转法，俟个人操作娴熟后，即施以班教练及排连营教练。举凡方向与各种队形之变换，俱依次循序实施。徒手操作熟悉后，继即施以持枪教练。仍由单人以至班排连营，凡托枪、下枪、举枪、装退子弹、上下刺刀、各种射击与各种行进，密集、疏开、散开等队形以及各种战斗教练，均按程序一一施行。除制式教练外，对于野外演习尤为着重。凡单人战斗各动作，以及行军宿营战斗方式、联络勤务、土工作业等均按照教育步骤，依次实施。此外，对于夜间演习、实弹射击、阅兵分列各项检查，亦俱切实教练。当时术科方面，对于战斗教练、实弹射击二项更为认真，整军经武取用精宏，故能于短时间内收最大之效果。

5月11日军校开始实行每天汇报制度，规定每日晨由各部派人汇集办公厅，报告前一天所经办事的情况，以加强互相联络。5月12日军校开设政治课，特聘任汪精卫、胡汉民、邵元冲为军校政治教官。

6月16日，陈炯明兵变两周年，广州陆军军官学校举行开学典礼。

大元帅孙中山偕夫人宋庆龄于是日早6时即乘江固舰由大本营出发，江汉舰随同翼卫，至早7时40分抵校。由该校员生在校前码头排队奉迎。至则入校室小憩，并浏览职员及教授计划各项图表。旋由教授部王柏龄主任，带领各教官觐见，又由教练部主任李济深带领各队长及特别官佐觐见。

操场上，顾浚和一大批热血青年为打倒帝国主义和封建军阀，集合在孙中山的新三民主义旗帜下。

领队的教官带领队伍入场唱起了《陆军军官学校校歌》：

莘莘学子，亲爱精诚，三民主义，是我革命先声。
革命英雄，国民先锋，再接再厉，继续先烈成功。
同学同道，乐遵教导，终始生死，毋忘今日本校。
以血洒花，以校作家，卧薪尝胆，努力建设中华。

顾浚和同学一起早已在礼堂坐好等候开学典礼的举行。

顾浚望着主席台正中央高悬着的"亲爱精诚"4个大字，品味着"亲爱"与"精诚"的含义。他知道，"亲爱精诚"是黄埔军校的校训，这几个字是由校长蒋介石拟选的，呈交孙中山核定后才使用。国父孙中山先生核定"亲爱精诚"为黄埔军校校训，正是孙中山先生衷心希望借黄埔军校培训中国革命军事人才和通过黄埔军校师生为纽带，团结国共两党共同革命的写照。

这时，陆陆续续进来一些出席开学典礼的嘉宾，他们都是在粤的军政要人。

8时50分，大元帅孙中山巡视该校讲堂及寝室等，至9时20分回校长室稍憩，即赴礼堂。身穿白色中山服、头戴礼帽的孙中山和夫人宋庆龄来了，国民党中执委委员胡汉民、汪精卫、张继、林森，大元帅大本营军政部长程潜，外交部长伍朝枢，胳膊下夹一只黑色皮包的广东省民政厅厅长孙科，全副武装、脚蹬高筒皮靴的粤军总司令许崇智、湘军总司令谭延闿、滇军总司令杨希闵、桂军总司令刘震寰等人也站在了主席台上。黄埔军校校长蒋介石、党代表廖仲恺分别站在孙中山的两侧。

首先由廖仲恺宣读了由胡汉民、戴季陶、廖仲恺、邵元冲4人撰文并由校总理孙中山亲笔手书的《黄埔军官学校训词》：

三民主义,吾党所宗,以建民国,以进大同,咨尔多士,为民前锋。

夙夜匪懈,主义是从,矢勤矢勇,必信必忠,一心一德,贯彻始终。

随后,戴季陶说:"陆军军官学校开学典礼现在开始,请大元帅兼军校总理孙中山先生宣布开学!"

来宾、教员、学生诸君:

今天是本学校开学的日期。我们为什么有了这个学校呢?为什么一定要开这个学校呢?诸君要知道,中国的革命,有了十三年,现在得到的结果,只有民国之年号,没有民国之事实。……事到如今,革命还是不能成功呢?由中国和俄国革命的结果不同,推求当中原因,便是我们的一个大教训。因为知道了这个教训,所以有今天这个开学的日期。……我们今天要开这个学校,是有什么希望呢?就是要从今天起,把革命的事业重新来创造,要用这个学校内的学生做根本,成立革命军。诸位学生,就是将来革命军的骨干。有了这种好骨干,成了革命军,我们的革命事业,便可以成功;如果没有好的革命军,中国的革命,永远还是要失败。所以今天在这地开这个军官学校独一无二的希望,就是创造革命军,来挽救中国的危亡!

……

孙中山演说的大意是:勉学生以须做革命党,唯革命党乃能一以当百,一以当万,如三月二十九黄花岗之役,不过党员三百余人,武昌之役,则不过数十人,皆以少胜多云云。

接着,孙中山又说:"……从今天起,立一个志愿,一生一世,都不存升官发财的心理,只知道救国救民的事业!一个革命军人要有舍身精神,要不怕死。"

孙中山的一席话,顾浚深以为然,他要做一名具有舍身精神的军人。

演说约一时之久,其词甚长,演毕群呼"孙总理万岁! 国民党万岁!"声动如雷。

11时30分,全体集合操场,行开学式。

13门礼炮后,激昂的军乐声随之奏响。

何应钦大声宣布:"中国国民党陆军军官学校开学典礼现在开始。首先,全体向本党党旗和国旗,敬礼!"

台上台下所有的人,向交叉置于主席台正中的中国国民党党旗和中华民国国旗,庄严举起了手。首先向党旗行三鞠躬礼,其次向国旗行三鞠躬礼,最后向总理行三鞠躬礼。

总参议胡汉民宣读总理训词:

三民主义,吾党所宗,以建民国,以进大同,咨尔多士,为民前锋。夙夜匪懈,主义是从,矢勤矢勇,必信必忠,一心一德,贯彻始终。

汪精卫代表中央执行委员会宣读祝词:

三民五权,革命宗旨。谁欤实行,责在同志。民国肇造,倏逾周纪。纷乱相寻,吾党所耻。誓竭血诚,与众更始。尽涤瑕秽,实现民治。军校权舆,国命所系。觥觥诸君,忠义勇起。勤于所事,以继先烈,以式多士。披坚执锐,日进无已。谨贡清言,愿同生死。

开学典礼结束,已是下午1时了。

大家至食堂会宴毕。小憩至3时,至操场举行阅兵式及分列式。戴季陶首先讲话:请蒋校长训话!

蒋介石:诸位同学,我们黄埔军官陆军学校在孙总理的亲自训导之下,定会培养出一支为民族兴亡而战,为国家版图统一而战的革命的军队。现在我们宣誓:不要钱,不要命;爱国家,爱百姓!

总教官何应钦是蒋介石在日本上军校时期的校友,在黄埔军校建立之后，他就投奔了这位老同学，并且深受蒋介石的器重，在黄埔后期地位与权力仅次于蒋。

何应钦：大元帅，总教官何应钦向您报告，全体师生，集合完毕，请检阅！

孙中山点点头，示意可以开始。何应钦：阅兵开始——

顾浚随着队伍正步走进操场。

教官：向右看——

学生高呼：一、二——

教官：向前看——

学生高呼：一、二——

礼毕，学生们排队送孙中山等人离开学校，时间已经是下午5时。

晚间7时，国民党中央执行委员会及广州市党部公宴该党黄埔陆军军官学校教职员及全体学生。主宴者中央执行委员会为胡汉民、汪精卫、廖仲恺、张继、谭延闿、林森等，广州市党部为孙科、吴铁城、马超俊、陈其瑗、邓演达、黄季陆等。

宴席设于该校后的操场。三山环拱，一地平开。将士六百余人酒过数巡，由谭延闿代表中央执行委员会敬众宾酒一杯。

酒半，汪精卫接着又代表该会致辞。

随后，由学生代表致辞。

接着，广州市党部执行委员孙科代表该党部致辞。

宴至8时许，宾主乃各整顿而散，此时已是深夜。

虽然是疲劳了一整天，顾浚没有累的感觉，他久久不能入眠。脑海里不停地回响起孙中山的讲话声音。

因为要维持共和，消灭这般贪暴无道的军阀，所以要诸君不怕死，步革命先烈的后尘，更要用这五百人做基础，造成我理想上的革命军。有了这种理想上的革命军，我们的革命便可以大告成功，中国便可以挽救，四万万人便不至灭亡。所以革命事业，就是救国救民。

我一生革命，便是担负这种责任。诸君都到这个学校内来求学，我要求诸君，便从今天起，共同担负这种责任。

这个晚上，顾浚周身的血液一直在涌动，他再次默默背诵起岳飞的《满江红》中的诗句：

怒发冲冠，凭栏处、潇潇雨歇。抬望眼，仰天长啸，壮怀激烈。

三十功名尘与土，八千里路云和月。莫等闲、白了少年头，空悲切！

此时的顾浚觉得自己已经开始了新的人生征程。

第七章
加入共产党

军校的第一堂课,是集体加入中国国民党,整个黄埔军校都成为清一色的中国国民党党员了。校政治部秘书甘乃光手捧一叠"中国国民党入党志愿表"走上讲台。

甘乃光,广西岑溪人,辛亥革命元老甘绍相之子。1922年毕业于岭南大学经济系。1924年开始任黄埔军校英文秘书兼政治教官。

甘乃光说话了:"同学们都已经知道,本军校是党办的,是党的军校。将来,诸位都要承担本党建立革命军的重任,为实现本党的主义去奋斗。所以，诸位从今天进入本校开始，不论原来未加入本党，或已经加入了其他组织，如中国共产党的，都一律要正式加入本党，成为一个名符其实的中国国民党党员。现在，每个人发一张表，大家按照表上的要求，仔细填写，不懂的地方，可以举手提问。"

顾浚本身就是要加入共产党的，这突如其来地要求他加入国民党，他有些困惑。他愤然道："我是要加入共产党的！"

不过，他也没有举手提问。

有人小声对顾浚说："这是学校的规定，不加入不好吧。"

甘乃光见顾浚在下面和人嘀嘀咕咕，便问："顾浚，你有什么要说的吗？"

顾浚回答："没有。有，我也不在这里说什么。我想说，自会找人说去。"

下课后，顾浚决定把自己的想法跟时任副主任的张申府诉说。

顾浚认为自己本身就是中国共产主义青年团员了，离真正的共产党员只差一步之遥，相信这个比他大两岁的张申府能够给他指出今后的道路。

次日清晨，第一期黄埔军校学生跑步到操场集合，十多公里的绕岛长跑开始了。之后，这项训练每天都是如此，风雨无阻。即使在珠江涨潮水漫操场时，他们也是要蹚着水跑步出操。

这天，出完操，顾浚直接去找张申府。

张申府正要去吃饭，见顾浚进来找他，正好办公室没有其他人。

张申府问："你就是顾嘉茂吧？"

顾浚点点头："是。我担心自己考不上，怕丢家人的脸，就改了现在这个名字——顾浚。"

张申府道："顾浚，这名字好。改名字的事，我理解。你的父亲叫顾际泰，这我也知道，他是追随孙先生搞辛亥革命的。"

顾浚惊喜地道："您知道我父亲啊！"

张申府微笑着说："当然知道，顾际泰，清末举人，宣汉的同盟会员。我还读过他的诗呢——巴人祖源宣汉风，土家山水禅韵生。高洁空灵佛得仙，血脉偾张壮吾行。至于你在德国的情况，我也清楚。"

顾浚说："我在德国时，听朱德提到过您的名字，我也曾想拜访您，只是没有机会。"

张申府道："朱德和周恩来都先后向我说过你的情况，你对共产主义的认识是难能可贵的。现在，组织已决定吸收你为共产党员。"

顾浚有些激动："太感谢了！"但他又觉得有话不得不说："张主任，现在学校要求都加入国民党，我不明白。这国民党并非我的意愿啊。我想加入的可是共产党啊！"

"这我清楚，"张申府沉思了一下，"孙先生本身是主张联共的，这并不矛盾。只是现在我们党内一些重大决议都是按照共产国际的指示办的。在党的三大时，要求接受共产国际关于同国民党合作的决议案，我就是不赞成的，但没办法。这样吧，眼前先按学校的要求办吧，你依然可以参加共产党的组织活动，执行共产党的决议，只是你的言行要谨慎些。"

顾浚这才点点头："明白。"

张申府问："以后有什么事，周恩来同志会找你谈的。你还有别的事吗？"

顾浚摇摇头："没有了。"

张申府这才说："那好，我们先去吃饭吧，有机会再聊。"

黄埔军校一期刚刚开办时，可以说是一穷二白，百废待兴，作为军校连训练用的枪支都没有。孙中山当时批的就广东兵工厂给了300支粤造毛瑟，但实际到手的才30支，这点枪支对黄埔军校来说，连站岗的都不够。学生们只能用树枝、木头枪代替真枪训练。由于学生的宿舍还没建好，大部分学生只能住在用芦席搭建的棚子里。身上的着装是土色布衣，脚上穿的是茅草鞋，生活十分艰苦。

频繁的出勤和紧张的训练，让学生们饥肠辘辘。原来每人一小盘菜、两碗汤，改成了六人合吃四盘小菜、一碗汤。有一段时间，甚至菜都是萝卜苗。一天，大家发现饭菜突然间又减少了，中午、晚上的馒头也取消了，米里还含有沙子，这让一些北方来的学生感到很不适应。

顾浚由于每天训练加之间隙习练余家拳，身体消耗量较大，吃不饱饭让他也受不了。

其他同学也都议论饭菜太差。

同学们纷纷提出抗议，要求改善饭菜。

顾浚道："我们可以给政治部戴主任反映这种情况。"

当时的政治部主任是戴季陶。

戴季陶听了学生们的反映，却说："这就是好的，军人连这点苦都吃不了，还当什么军人？"

顾浚和同学们并不知道，当时黄埔军校的经费十分紧张，学生每人每月的伙食费只有6元毫洋，这让军校食堂确实难以维持。

军校建校初期，军阀们对黄埔军校抱着敌视的态度，很难拨款给黄埔军校，外资势力更对中国乱糟糟的政局乐见其成，也不会主动伸出援手。而一些通商口岸的民族资本家，蒋介石又没有太多的人脉。蒋介石拉不下这个脸来求各大军阀出点钱建军校，想求助于民族资本家，这些资本家又受到了军阀们的威胁。一气之下，蒋介石被羞辱得都不想干了。

孙中山没有办法，只好问跟随他的人，谁愿意去筹钱。这时候，一个人站出来了。这个人就是廖仲恺。廖仲恺为人比较随和，不易动怒，自尊心没有特别强，实务能力较好。孙中山一看无人要去，就任命了廖仲恺去筹钱。廖仲恺一上任就分析了一下，这笔资金筹款的最大阻碍，最有可能的筹钱来源，以及突破口。为了筹钱，他跟苏联合作，苏联方面同意拨款一部分，并答应从中协调国民党和军阀之间的关系。为了筹钱建立黄埔军校，廖仲恺前后带着不少厚礼上门拜访军阀们的公馆，从直接被拒之门外，到后来军阀间互相不信任，开始慢慢缓和对国民党态度。廖仲恺知道自己的筹款工作就快成功了。

几经波折，廖仲恺终于顺利地说动了一部分的军阀拨款给黄埔军校。如果不是因为廖仲恺有耐心地筹款，恐怕黄埔军校不一定能建成。

他曾向孙中山说：军校款，弟不问支出，兄亦不问来源。为了筹得款项，廖仲恺不得不以极大的耐心，与当时控制当地财政收入的军阀周旋，每天他出去筹款，像个叫花子似的，跟军阀软磨硬缠：最近军校经费有点紧张，是不是给点钱好买点米？弄得十分狼狈和难堪。

学校在艰苦的环境下，依然坚持严格的训练。学生早晨5点就起床，到晚间9点半熄灯，没有片刻时间是虚度的。学校始终充满了朝气，没有谁敢去偷懒脱滑，更不敢自私。

听到学生们对生活的呼声，廖仲恺不得不在一次会议上讲：这几天大家能够开饭，是何香凝把自己的首饰拿去抵押了，才能在东堤粮店买到数百担米。

顾浚了解了学校确实困难，便劝大家："既然学校不是有意的，确实是困难，我们就不要再议论了，还是忍忍吧。"

不久，更加严峻的时刻来临了。一天，学校下达命令，教官和学生都要练习挨饿。不吃午餐，甚至连晚餐也不吃。

不吃饭，照样出操训练。说是就这样训练，实际上是没有钱买米了。

生活虽然艰苦，但学生们很会苦中作乐，有时敲着手中的饭碗，把《国民革命歌》填上了新词来唱——

肚子饿了，肚子饿了，要吃饭，要吃饭，

随便弄个小菜，随便弄个小菜，鸡蛋汤，鸡蛋汤……

艰难的办学条件，让军校校长蒋介石感到压力很大。他在国民党内地位并不高，因此他把主要精力用在了培植自己的势力上。每周，他都会找十几个学生进行面对面的谈话，以联络师生感情。第一期的学生中，让蒋介石最为满意的是蒋先云，他宣称：将来革命成功了，我解甲归田，你们这些龙虎之士只有蒋先云可以统领。廖仲恺也十分赏识蒋先云，称蒋先云是军校中最可造就的人才。

在军校的军事训练如火如荼，开展得十分紧张而富有成效的情况下，对于军校的政治工作，孙中山表示了一种近乎责备的态度。根据大元帅府要求，对学生的政治教育以三民主义为主旨，必须使每个学生了解本党，了解自己应担负的责任。教育内容包括"中国国民党党史""三民主义"等。时间安排不得少于军事训练，重要性上更应优于军事训练。

可是，却始终不见有具体的政治教育安排，政治教育课时间多被挪作他用。

政治部主任戴季陶是蒋介石的铁杆哥们，当时在黄埔军校中，拥有最高权力的是校长、党代表和政治部主任，三者权力相互制衡。所以在各方利益纠葛的黄埔军校，戴季陶和蒋介石必须有一人离开。

1924年6月16日，黄埔陆军军官学校举行开学典礼。然而，就在军校开学不到一个月，军校首任政治部主任戴季陶突然不辞而去。

戴季陶戏剧性地失踪，全校师生甚感莫名，一时，流言蜚语顿时在军校传播开来。一些右派学生乘机造谣，说戴的离职是共产党在背后捣鬼，想排挤、打击国民党。其实，戴的离职是由国民党右派间的矛盾引起的，这与共产党没有任何关系。

政治部主任戴季陶突然离去，当时急需有人替补。邵元冲是5月13日被孙中山任命为黄埔军校政治教官的。6月，又兼任粤军总司令部少将秘书长。邵元冲当时很优秀而且又加上蒋介石的担保，所以便顶替了当时的政治部主任的职位，任黄埔军校政治部代主任。

邵元冲和戴季陶一样，在当政治部主任时，都表现出做官的样子，每天一杯茶，一张报，也不出去跟学生交往。

1924年6月下旬，政治部副主任张申府因与蒋介石难于共事，辞去职务。

6月30日第一期学生预备教育期满，举行学生徒手教练检阅。

军校规定每天早上学生听到军号声起床、穿衣服、打绑腿，时间仅有3分钟，然后列队集合去出操和跑步。军校最早被罚禁闭的一个学生，是因为连续三次早操迟到。黄埔军校《惩罚条例》里面列举了35种不当行为，其中有28种行为可能会受到关禁闭处罚。一、诽谤法规，及不遵奉实行者。二、刁顽狡抗，有失服从之道者。三、擅离职守者。四、损坏武器者。五、藐视官长者。六、报告失实者。七、无故开枪者。八、聚群赌博者。九、干预民事情轻者。十、无故殴人者。十一、藉端敛财及在外招摇情轻者。十二、毁坏公物，或遗失污损及擅用者。凡犯以上各款，其情节较重者，学生、入伍生、士兵罚降等。情节稍轻者，学生、入伍生、士兵罚重禁闭十五日以上。十三、误解或误传命令者。十四、办事疏忽者。十五、文报申达迟误者。十六、出差、请假、休假逾限迟归者。十七、酗酒滋事者。十八、袒庇所属过失者。十九、行为卑污者。二十、训导乖方者。二十一、侮慢同事、互相争斗者。二十二、购置公物，及收藏、运搬、支给有误者。二十三、执务怠惰者。凡犯以上各款，其情节较重者，学生、入伍生、士兵罚一日以上至十五日重禁闭；情节稍轻者，学生、入伍生、士兵罚轻禁闭十五日以上。二十四、召集逾限后到，而无正当之理由者。二十五、文牍、图表、会计舛误者。二十六、公物经理调护失宜者。二十七、见官长失敬礼者。二十八、误用职权者。凡犯以上各款，情节较重者，学生、入伍生、士兵罚轻禁闭一日以上至十五日；情节稍轻者，学生、入伍生、士兵罚十五日以上之苦役。

一天，教官顾祝同上操时迟到，被正要训话的蒋介石看到了，马上喝令顾祝同出列，罚跪。蒋介石讲完话径直地走了，顾祝同一直跪到第二天早上。这一幕，震撼了黄埔一期生。

顾浚也深深地感到军校纪律的严酷。他觉得一个老百姓要变成一个军人，一个战士必须变成一个指挥官，这对黄埔军校生来说，要求是非常高的。其实，军校为了把他们培养成合格的军人和指挥官，已经制定了一系列严格规定。在课堂上，有《修学规则》，军帽一定要放在课桌的左前方，不抄写笔记时，双手放在膝盖上，坐姿挺直，不准有半点歪斜；在宿舍里，有《寝室规则》，每早闻号音，迅即起床着装，按照规定样式整理好被服物品，晚上熄灯号后，一律就寝，不得谈话喧哗，致扰他人睡眠；在吃饭时，有《饭厅规则》，区队长到达饭厅下达开动命令后，学生才可以开始吃饭，吃饭时不准解脱服装，不得谈话和故意使碗筷作响，并且在规定的十分钟内吃完。

顾浚认为，作为一个军人来说，首先要学会自我管理，然后才能去管理别人。

为了处罚违反规定的学生，军校早就准备好了禁闭室，并制定了《禁闭室规则》。学生日常所受的处罚有降等、重禁闭、轻禁闭、苦役、禁足、立正等六大项。与关禁闭相比，其他几项对身体的惩罚要轻得多，比如做各项杂役，禁止出营房，长时间立正（但不得超过三个小时）。将犯错误者置入禁闭室，与一般学生加以区隔，这算是比较严重的处罚。《禁闭室规则》里规定了禁闭室的用途范围："本校设禁闭室，用以处分罪情较轻，不入刑法范围之学生、入伍生、士兵。如违犯规则及刑事嫌疑未决者，皆得分别轻重二者禁闭之，但官长或其他人员犯有刑事嫌疑未决者，亦得先予禁闭。"罚禁闭要由管理处转办和备案，"凡各部处团队处罚应行禁闭之人犯，须备函将案由及处罚日期通知管理处转知卫兵司令收禁。处罚期满，仍须函知管理处提交释放，以昭慎重"。被关禁闭的人，规定"除随身穿着衣服之外，不准携带其他物品。但手纸若干及各种勤务书籍准其携带一本"，而且在室内必须保持肃静，"不准自由歌诵、欢呼"。被禁闭者不得会客，需要大小便时，告由卫兵带领出入。禁闭室内夜间不准燃点灯火及油烛，以防危险。为达到惩前毖后的目的，校方还规定，"禁闭室各房门口，须将被禁闭者之队号、阶级、姓名及所犯案由，或嫌疑或未决并其他必要之件，详记油漆木牌上，揭示悬挂"。如此让所有经过禁闭室的教官、学生均能看到、知道，受到教育。显然，禁闭室的存在，无论是被关的还是未被关的学生都受到规训。

一次，顾浚和几个同学聚集在寝室聊天。顾浚不由自主地背诵起苏东坡的一首词。

当时有几个同学喜欢作诗,于是有人提议大家作诗。

顾浚不想作诗,他说:"作诗是文人的事,我们是军校生,习武才是正道。再说,作诗需要借助酒性,哪里来的酒啊?"

一个同学自告奋勇:"我去校外店铺里替你们买几两酒回来。"顾浚笑着说:"钱算我的,我请大家。"

不一会儿,那个同学买回来几两酒和一包花生米。

大家于是借酒作诗。正高兴的时候,一位教官走进寝室,见状便询问:谁买的酒?

大家面面相觑,那个同学只好说:"报告教官,酒是我买来的。"教官说:"你这是违反校规,要关三天禁闭。"

顾浚见此光景,便出面解围:"教官,这不关他的事,他是跑腿的,他没有喝酒。"

大家也都纷纷替那个同学解围,酒是我们喝的,他没有喝酒。教官把脸一拉:我只处分买酒的人。

结果,那个同学被关了三天禁闭。自那次以后,再没人提喝酒的事了。

顾浚感觉自己必须以一名共产党员的身份严格要求自己,不能给组织上添麻烦,也因此时常提醒身边的同学:要注意,不要违反规则。严明的纪律,严格的训练,让学生们迅速成长起来。

周恩来于1924年8月底从法国回国。在旅法支部的核心成员李立三、赵世炎、陈延年相继回国以后,周恩来曾一度任旅法支部的宣传部长。来到广州后,从事工人运动,并任广东区军委书记。

最初,在黄埔军校设有一个直接支部(其后改为特支),直属于广东区军委。所以黄埔支部就直接归周恩来指挥。他看到了黄埔军校在革命过程中的重要性,所以以全力经营黄埔支部。黄埔军校第一期的时候,学生数目不多,但因第一期学生是由各省秘密招来,所以共产党员所占的百分数颇不少。那时在区军委周恩来的领导下,成立了第一个"黄埔支部"。第一个黄埔支部的书记是蒋先云。

蒋先云,字湘耘。1919年,蒋先云参加五四运动,在衡阳成立湘南学生联合会,被选为总干事。1921年,蒋先云等发起成立进步团体"心社",宣传新文化。不久加入中国社会主义青年团,同年冬加入中国共产党。1924年5月,蒋先云入黄埔军校第一期学习,任中共黄埔军校特别支部书记。时任黄埔军校政治部主任的周恩来赞其是"军校的高材生""是个将才"。

宣传干事是王逸常,1921年由柯庆施介绍加入共青团,1923年9月由周颂西介绍加入中国国民党,同年11月由瞿秋白、施存统介绍加入中国共产党。1924年春受中共党委派到广州,由国民党中央执行委员及上海大学校长于右任介绍考入黄埔军校第一期第一队学习。

组织干事是杨其纲,1923年加入中国社会主义青年团,1924年加入中国共产党。黄埔军校第一期第一队学生。

候补干事是许继慎与陈赓。许继慎,1921年4月加入中国社会主义青年团。1924年5月考入黄埔军校第一期第二队,同年转入中国共产党。陈赓,原名陈庶康,1922年加入中国共产党。1924年入黄埔军校第一期学习。

顾浚在校期间,勤奋学习,刻苦训练,各科俱列前茅。顾浚平日沉默寡言,平实稳重,思想左倾,拥护孙中山的联俄、联共、扶助农工三大政策,坚持国共合作,富有正义感。很快,顾浚正式转为中国共产党党员。

一天,周恩来单独叫来顾浚谈话。

顾浚眼前立刻浮现出在黄埔军校的日子。

周恩来说:"顾浚同志,你的情况,我和朱德同志十分了解,我们已经达成一致意见,根据你个人的性格、特长和家庭背景,你又会武术,讲江湖义气,建议你能够从事党的秘密工作,作为一名秘密党员。如何?"

顾浚说:"我一切听从组织的安排。"

周恩来说："组织还考虑，目前最好不暴露你的共产党员身份，必要时，你还可以加入国民党。"

顾浚说："加入国民党？有这必要？"

周恩来说："我和一些同志不也加入国民党了？这没什么嘛，有利于工作嘛，当然，信仰一定是共产主义。"

顾浚说："我的信仰就是共产主义，加入了国民党，也只能是做个表面的样子，信仰也不能变。"

周恩来说："说得好啊，顾浚同志。表面的身份只是为了合法掩护，也是便于更好地开展我党的工作。"

顾浚顿悟："那好，我就做一名秘密共产党员，注意隐蔽自己，坚决做到不给组织添麻烦。"

周恩来说："秘密工作是一门特殊的科目，军校里没有教授这一科目，顾浚同志，这需要你在今后的工作中慢慢学习和领会。秘密工作和公开工作要绝对分开，要利用合法掩护非法，合法与非法巧妙结合。这样可以利用合法的身份进行合法的斗争。"

顾浚道："我一定牢记您的话，明处是黄埔的军人，暗里是党的战士。请您放心，我保证做到严守党的秘密，就是有一天，哪怕死得无声无息，也绝不给组织添任何麻烦。"

"你的真实党员身份要隐蔽，具体工作中，党内同志之间要保持单线联系。"周恩来说罢，又叫来蒋先云，安排蒋先云直接与顾浚保持党内联系，传达党组织决定决议和指示精神。

第八章
意外的事件

　　1924年7月3日,黄埔军校大会议室里,气氛非常热烈。在国民党特别党部执行委员选举中,蒋介石、陈复、严凤仪、金佛庄、李之龙五人当选。其中严凤仪、金佛庄、李之龙是共产党员。

　　蒋介石说:当选的各位都是能办事的,结果算是很好,本校长也很欣慰。一段时间,他曾说:党员不能用党员资格干涉教育,官长亦不能以上级的资格干涉党务。

　　但是,会后不久,蒋介石又说:军校里的国民党小组长,每周都必须向校长报告工作。这显然违背了他原来说话的意思。

黄埔军校准备组建党支部时,按程序党支部成员应该是选举出来的,可是蒋介石却利用权力干涉选举,他想要任命自己人来做党支部的领导者。

校党部与队的区党部均以选举产生,而分队党小组的组长却是由校本部指定,用校长蒋中正的名义公布的,慑于校长威严,没人敢公开反对。

顾浚和黄埔第一期第二大队学员宣侠父等党员同学在私下里议论:校长要干涉党务!

顾浚说:"我认为,加入什么党派,这是个人信仰问题,学校的工作是管理问题。校党部与校本部应该都有自己明确的分工。党小组长的指定也只能是由校党部负责。"

有人附和:"是啊,蒋校长不应该干涉党务。"

这一下,立刻引起了学生们的热议。其中宣侠父十分激烈。

宣侠父,原为笔名,幼名尧火,号剑魂,1899年12月5日出生于浙江省诸暨县湄池镇长澜村。宣侠父幼时随父读书,17岁时毕业于当地店口觉民小学。他聪明好学,成绩出类拔萃。1916年毕业后,以优异的成绩考入浙江省立甲种水产学校渔捞科学习。在这期间,他受新思潮的影响,产生了实业救国的思想。1920年夏,以总分第一名的优异成绩毕业于该校,并获准公费赴日本留学,继续学习水产专业和研究生物学。1924年,宣侠父受浙江党组织委派,同樊嵩华、俞秀松等10余位热血青年一起前往广州,考入黄埔军校,成为军校第一期学员。

蒋介石的用人准则就是老乡优先,按说宣侠父本来可以在国民党中平步青云,可是宣侠父瞧不上蒋介石。

宣侠父道:"要求军校内的国民党和共产党的党小组长必须汇报党内活动情况,我认为这是军阀的作为,我要给军校特别党部写一封信,要求否定校长的决定。"

顾浚说:"对,有问题我们就必须反映。如果需要联名,我算一个。"

宣侠父摆摆手:"不用,我和校长是老乡,便于说话。这事还是我一个人出头吧。"

于是,宣侠父马上给军校国民党特别党部写了一份报告,指出:校长党校不分,乱用权威。由校长指定党小组的小组长,不符合党的组织法,请收回成命,改由各小组选举自己的小组长。

蒋介石的意图就是要控制学生的思想,宣侠父当面反对他这么做,分明是让他下不来台。

于是,蒋介石把宣侠父叫去,威胁说:"你如自动收回报告,我将不予追究。"

宣侠父冷静地回答:"小组长产生的办法违背了民主制度精神,应不应提意见,责任在我;接受不接受,权在校长!"

蒋介石勃然大怒,便把宣侠父关进了禁闭室。蒋介石下令:"限他三天之内写出悔过书,否则严惩不贷!"

顾浚得知宣侠父被关了禁闭,心中十分困惑:"校长干涉选举本来就是他不对,他想让宣侠父给他认个错,找回校长的面子。面子没找回,倒把人给关起来了,这是啥子事嘛!"

其他党员也只能摇头叹息。

三天后,宣侠父再次被蒋介石叫去。宣侠父不仅没有写出悔过书,还义正词严地说:"学生无过可悔!"

蒋介石盛怒之下写了一纸手令:该学生宣侠父,目无师长,不守纪律,再三教育,坚拒不受,着即开除学籍,即令离校,以伸纪律,而整校风。三天期限,三天之内,愿意悔过,仍可从轻发落。

总教官何应钦率全体教职员请求蒋介石从轻发落,被严词拒绝。于是大家又请在广州的军校党代表廖仲恺来校解救。

廖仲恺火速赶到学校,对宣侠父说:"我到校长那里,把你的报告撤回,结束此事,对你来说,是委曲求全,但为革命受委屈,是不会使你受到伤害的。"

宣侠父说："个人前途事业事小，建立民主革命风气，防止独断专行的独裁作风事大。大璞未完终是玉，精钢宁折不为钩。"

第四天，宣侠父作为黄埔一期唯一被开除的学生，昂然走出黄埔陆军军官学校的大门，扬长而去。此时正是1924年初秋，黄埔一期开学才两个月。

意外的宣侠父事件让顾浚陷入困惑。

之后，黄埔军校两派争斗愈发激烈。黄埔军校正常的教学秩序很快被另一件意外的事件打破了。

1924年8月10日，刚刚开学两个月，军校得到情报：一艘悬挂挪威国旗的货轮——"哈佛号"运载着大批军火驶进虎门，即将在广州靠岸。这批军火为广州商团所购。广州商团原是广州商人建立的有两千来人的民间武装，但后来性质发生了变化，不仅干涉政治，还让港英插手，对广东革命政府造成了威胁。

广州商团跟其他地方商团一样，由各个商家出钱买枪，购置服装，出人参加训练，武装巡逻。但凡有点规模的商家，都出人出钱，实在担负不起的，就赞助一部分钱。第一年购买了几十支日本村田步枪，在珠巷内的一所会馆里，搭起了商团的架子。后来陆陆续续，购买了不少长短枪支，碰上小股的匪类，就可以抵挡一阵了。跟其他城市一样，商团一般都和警察一起行动，作为警察的一部分，维持社会秩序。广州商团的核心人物，就是当年广东丝业巨子陈廉伯。此人是中国第一个民营资本家陈启源的孙子，留过洋，有英国国籍，生意做得比他祖父还大。1919年，已经成为广东总商会会长的陈廉伯，鉴于广东时局动荡，一直在客军的统治下，混战割据无时或已。于是亲自兼任商团团长，决心扩张商团，以期可以自卫。从英国购买大批枪械，将商团扩充为一个总团，数个分团。有几千人之众。自从孙中山1917年在广州另立政府之后，广州的纷乱比往昔尤甚。特别是1920年桂系被驱离之后，孙中山招降纳叛，各地的失意军人纷纷来投。当时在广州,有建国滇军、建国桂军、建国湘军、建国豫军等等各种名义,无论有兵没兵,有枪没枪,到了广州,就占地盘,包娼包赌,胡作非为,军纪之坏,到了登峰造极的地步。这样的情形,不仅广州人不满,连广东的军人也不满意。自然,作为客军眼里的"肥羊"的商人,就更加不安了。所以,作为商人的陈廉伯的扩军政策,得到了广州商人的一致支持。在1923年,陈廉伯从加拿大进口了大批枪械。这批枪械是他上报北京政府,而且得到批准的。显然,陈廉伯在这里犯了一点忌讳。他人在广州,进口枪械,按道理应该报孙中山的大元帅府,但问题是,广州政府没有任何国家承认。眼前的这批军火是从大元帅府弄了个护照,但实际上是偷运。当听说这批军火抵达黄埔港之后,军校就考虑了:商团有两千来人,要九千支枪干什么?显然这对广州革命政府是一种巨大的威胁。

大元帅府议事厅。

孙中山问:"陈廉伯筹资购买这批枪弹,是否呈报过省府核准?"廖仲恺说:"从未呈报过省府,纯属私购私运。如何处置?"

孙中山思考了一会说:"仲恺,此事非同小可,务必万无一失。我眼下能用可靠之部,惟黄埔军校。我意你即回黄埔军校与介石商量,做出周密计划。我授权由黄埔军校立即扣留'哈佛号',船上枪械一律运至黄埔军校内封存。有关陈廉伯等人的其他犯罪活动,亦即着人查究。"

蒋介石决定由廖仲恺负责黄埔岛警戒,并做好封存商团私械的准备,自己亲率陈赓、关麟征所在的三队和胡宗南所在的四队学生。"永丰""江固"两舰,乘着黎明前黑沉沉的夜色,往广州市内的白鹅潭驶去。

"哈佛号"外表只是一艘普通的丹麦商船,船上所挂却又是挪威国旗。当"永丰""江固"两舰突然完成对"哈佛号"的包围,要塞水兵登上该船时,负责押运的商团联防总部所谓军械经理匡湾从睡梦中惊醒,看到身佩国民革命军中将军衔的蒋介石正站在面前。前后甲板到处站满了荷枪实弹的国民革命军海军官兵，匡湾轻轻"哇"了一声，腿一软瘫倒在甲板上。船上的其他押运人员，没费一枪一弹，全部被缴了械。

8月12日，天刚亮，黄埔军校的码头上，廖仲恺、周恩来、何应钦等率军校第四队百余名学生，早已经做好准备，待"哈佛号"一靠岸，立即搭上跳板，打开船舱，一捆捆、一箱箱的长短枪支，各种弹药，全暴露在面前。同学们抬的抬，扛的扛，看着这些崭新的枪弹，心里充满了说不出的兴奋。只用了一个多小时功夫，九千多支枪械弹药，全被搬上了岸，在军校一间临时腾出的仓库内封存了起来。

上午10时，廖仲恺准备乘军校的交通艇赶回广州向孙中山汇报。登艇前，廖仲恺望着已经整整一夜未睡的蒋介石说："枪弹封存在校内，须多加提防，陈廉伯他们是断断不会善罢甘休的。"

8月13日，广州商团出兵包围了大元帅府及省长公署。9艘英国军舰齐集在白鹅潭内沙面附近。有炮口指向停泊在白鹅潭外的中国海军"永丰""江固"和"广贞"等舰，指向了河南的孙中山大元帅府。一直躲在沙面静待好"戏"的英国领事们，终于跳了出来："奉大英香港舰队司令命令，如遇中国当道（作者注：当局）有向城市开火之时，英国所有驻省海军，即以全力对付之。"

孙中山当即提出严重抗议："英帝国主义支持广州商团叛乱，粗暴干涉中国内政，不仅是中国达到民族独立的主要障碍，同时又是反革命势力最强大的部分。无论是商团私械，抑或其他任何时候，中国政府对于英帝国主义的种种高压，都只有给予最严厉的回击！"

黄埔军校紧急派出第三、第四队学生进城，保卫大元帅府。第一、第二队学生守卫被扣的军火。

学生们第一次面对敌人，有的难免紧张。

顾浚鼓励大家："不怕，就是打起来，我先上，你们跟着我，我会保护你们。"

下午1时，第一、第二队派出警戒。顾浚与张隐韬等人为步哨，到达东南岸山上。这里随地有匪，又与其他步哨之间相距甚远，实在是危险之地。

原来，这次商团包围大元帅府是陈廉伯指使的商团向孙中山请愿。

8月14日，黄埔军校新招收学生近500人，拟编为第5、第6、第7队，合称第2总队。另有工兵队、炮兵队、辎重队、宪兵队，后除第6队（湘军讲武堂学生）划入第一期外，其余概属第二期。8月17日军校举行第一期甄别试验，及格者447人；不能继续修业，饬令退学者，计19人；尚可造就，留校察看者，计33人。

陈廉伯见请愿不成，就托广州势力最大的滇军说情，不成，又把人情托到深受孙中山信任的粤军将领许崇智头上。经过许崇智说情，只要发还枪械，商会乐意出一百万，资助国民党北伐。孙中山答应了，但居然没有兑现。

几天后，广州市公安局第一区警察林日雨、王励等在永汉北路捕获商团武装的中队长邹竟先，从其身上搜出标有孙中山大元帅府、广州市内各政府机关、孙中山各军队驻扎的位置、驻兵人数并长官名册及传单，传单上号召商团誓与政府抵抗到底。

为了打击商团武装及英帝国主义的嚣张气焰，表明革命政府与陈廉伯反动商团绝不妥协的决心，廖仲恺以省长名义，果断下达命令："以此军事戒严时期，竟有逆党猖狂活动，着将私查政府、军队住所及驻兵人数，散布谋乱传单之邹竟先一名，执行枪决。"

驻广州英国海关税务司副司长史米特来到黄埔军校，会见蒋介石。

史米特坐在蒋介石对面，傲气十足地说："将军，你是否知道，这批枪械得到了大英帝国的特准，大英帝国对这批枪械负有关注和保护的责任！"

蒋介石："史米特先生，我想你应该知道，包括你本人，现在都是站在中国的国土上，这是在中国，这里的一切，只能按中国的法规和程序处理。不过,如果这批枪械确是在贵国的庇护下私运而来,我倒要问问,你们未经本国政府准许,私运这批枪械进入中国国境,这是一种什么性质的事情?"

史米特说:"这是大英帝国与广州商民之间的事情!"

蒋介石一拍桌子:"广州的商民商团都姓中,而不姓英,这一切都是中国的内政! 先生刚才所提到贵国关于这批枪械的准运手续,但在这里,至多也只能抵一张肮脏不过的便纸而已!"

扣械事件发生后的第七天,范石生以调停者的身份登场,主动在大元帅府和商团中间奔走。 在政府这一侧,他痛斥陈廉伯等商团反动头目的种种罪行,拥护孙中山采取的严厉措施。 在商团武装那边,他又破口大骂孙中山强扣枪械违逆民众意愿,应允对于商团武装和商民利益给予切实的保护,要商团给他好处,由他出面去与孙中山通融。

连日来商团罢市、请愿,陈廉伯以索还被扣枪械为借口,又召集广东全省188个商团头目于佛山召开秘密会议,决定在全省举行更大规模的罢市,直接与革命政府相对抗。

1924年8月25日,黄埔一期开学两个半月,在商团头目陈廉伯的策动下,整个广东省一百多个城镇陆续罢市。 大批商团分子携带武器,盘踞广州西关,以武力威胁大元帅府。

1924年8月,为平定商团叛乱,孙中山指示廖仲恺和蒋介石,命令黄埔军校学生与各军校进行联系,组织青年军人代表会。 参加者除黄埔军校师生外,还包括当时在广州的滇军干部学校、粤军讲武堂、军政部讲武堂、警卫军讲武堂、桂军学校、大元帅府卫士队、飞机掩护队、航空学校、铁甲车队以及"永丰""飞鹰"等军舰的代表,会址设在国民党中央党部。

第九章
加入卫士队参加平叛

晓战随金鼓，宵眠抱玉鞍。愿将腰下剑，直为斩楼兰。

几天来，顾浚一直在默默地吟诵着李白的《塞下曲》。

没有真枪的练习，让顾浚心情有些烦躁。

当有人谈到韶关时，他一心要报国的欲望在膨胀。

韶关地处粤北，无疑是北伐的前沿阵地和第一线，亲临前线进行作战指挥，运筹帷幄决胜千里之外，一直是孙中山生平军事思想的愿望与体现。

黄埔军校第一期学员从 1924 年 5 月 5 日新生入校,时间仅过 3 月余,第一期第一队大部分学生便于 1924 年 8 月中旬抵达韶关,在韶关行营附近的芙蓉山上,建造了临时营房,用竹子作架、茅草为顶的两幢宿舍,一座讲堂,一座饭厅及办公室杂房等。

1924 年 9 月 3 日,中国国民党中央政治委员会第七次会议决定北伐。9 月 4 日,孙中山主持大本营第五次北伐军事会议,决定督师北伐计划和后方留守问题,决定参加北伐各军为:建国豫军、建国赣军、建国桂军及北伐讨贼军全部,建国湘军大部,建国滇军一部,粤军张民达师、许济旅等部,兵力约 45000 人。5 日内先后开拔调往韶关的各路军队有:谭延闿的建国湘军,朱培德的建国滇军,樊钟秀的建国豫军和吴铁城的警卫军,后又组成建国攻鄂军,由大本营军政部部长程潜兼任,谭延闿任北伐军总司令。

9 月 7 日,广州民众在第一公园举行"五七"国耻纪念大会,要求解除广州商团武装,军校第一期第一、第三队学生参加。但此时黄埔军校依然处于没有武器的境地。

9 月 13 日清晨,孙中山由广州大本营出发乘坐轮船至黄沙,转乘火车前往韶关。根据孙中山行前提议,黄埔军校第一期第一队 135 名学员随行列车,全程护卫孙中山安全抵达韶关车站。

顾浚遂在教官兼队长文素松带领下赴韶关。

顾浚感到,能够加入护卫队,获此护卫殊荣,实为一大幸事。

列车在行驶,护卫车厢里,顾浚和学生们抱枪坐在地板上。开始不停地唱着《三民主义歌》:

三民主义,吾党所宗,以建民国,以进大同。
咨尔多士,为民前锋,夙夜匪懈,主义是从。
矢勤矢勇,必信必忠,一心一德,贯彻始终。

后来开始互相拉歌。轮到共产党员蒋先云时,他张开厚嘴唇,神情专注地唱起了一支工人暴动时的歌。

>干革命,心要强,
>没得洋枪扛土枪。
>梭镖矛子好武器,
>锄头扁担当刀枪。
>只要武器拿到手,
>幸福日子万年长。

在列车上用午餐,下午4时抵达韶关车站。

孙中山与夫人宋庆龄及随行人员被安排住宿于韶关车站北侧一栋两层小楼。

离韶关车站约两华里的山坡上,顾浚和第一队的同学住在一所用木头和竹子盖成的宽敞的房屋里,他们的任务是放哨、警卫。

9月13日,军校在操场举行中秋宴会,勉励师生打仗和求学是分不开的,号召师生随时准备打仗,实际为镇压商团做初步动员。

第一队除每次派4人一组到专车附近担任警卫,其余大部分时间仍从事军事训练。

第二天上午约9时,孙中山乘着轿子来到了山顶,观看演习。第一、二队担任攻击方,于9时许从山麓发起攻击。

10时半演习完毕,孙中山赞扬了学生队演习中勇敢沉着的精神,然后说到做一个革命军人,第一要抱有救国救民的大志,毕生为这个目的而奋斗,要学习革命先烈的牺牲精神,革命军要以一当十、以一当百……

9月17日,孙中山先生在韶关大本营召集各军旅长军事会议,促各部迅速向赣南进击。18日,孙中山在韶关大本营接受日本记者采访时指出:"北伐之目的在于推翻直系,统一中国。"

9月18日,胡汉民派人偕商团代表来校,察看押存军校的商团私运枪械，协商处理办法。双方在交涉中，政府方面不可妥协的意见，越来越占上风。两下越弄越僵。最后，商团在商业街拉起木栅，筑起街垒，公开罢市。

9月20日，孙中山在韶关南校场举行北伐誓师大会，并检阅北伐军和发表演讲，以黄埔军校第一期第一队为卫队，始终护卫孙中山于韶关视察期间。

9月21日，孙中山偕夫人宋庆龄，以及苏联顾问鲍罗廷夫妇、鲍氏男女秘书三人和大本营各部长官，黄埔军校第一期第一队百余人，及邓彦华率领的卫士队80人，由军需处派专人引路，从火车站大本营出发，在南门码头乘船前往西河坝到芙蓉山视察，随后转赴莲花山及东河各高点要隘巡视防务，其间，还专门指示黄埔军校第一期第一队学员，在莲花山进行攻防演习。

这期间，孙中山每周都有一次或两次到营地巡视，有时宋庆龄也同往，并常派人送猪肉及水果犒劳学生。

9月29日，韶关各界人士在韶关南校场举行赞助北伐大会，孙中山主持大会，第一期第一队学员再为护卫队，随侍孙中山身边。此外，第一期第一队部分学员，按照大会指定的警戒位置，护送与会者入场和维护大会外围秩序。

北京政府临时执政段祺瑞奉派专使许世英抵达韶关后，10月2日，孙中山陪同其乘专列赴马坝游览南华寺，奉大本营命，黄埔军校第一期第一队学员作为卫队负责护送事宜，至晚间驱车返回韶关车站。

10月7日晚，第二队在队长茅延桢的带领下，赶到虎门执行任务。一艘挂着苏联国旗的船，船的上面盖的是一些原木。船到了珠江口，水手们把原木扔到了江里。

8日拂晓，第二队的学生登上船，当水手们揭开舱面蒙着的油布时，大家惊喜起来，原来是一整船的枪炮。打听才知道原来是起卸苏联军舰运送的山炮、野炮、轻重机枪和长短枪等枪械8000支和一批弹药。船抵达黄埔军校，师生亲自起卸，随后与苏联官兵在军校举行联欢。

9日，苏联军舰"波罗夫斯基号"运送武器军械抵达广州后，部分舰艇船员军官在舰长马克西莫夫率领下，受孙中山邀请乘车赴韶关参加"双十节"联欢。此次"双十节"纪念为"在韶各军庆祝武昌起义13周年暨北伐军阅兵典礼"。是日上午，孙中山在韶关飞机场检阅部队，受阅部队有黄埔军校第一期第一队全体学员、吴铁城警卫军第一团第三营3个步兵连，还有赴韶关参加北伐的樊钟秀的建国豫军一部分，约有2000人。苏联舰艇官兵与黄埔军校第一期第一队学员比邻而列，并率先列队经过主席台请孙大元帅检阅，嗣后参加联欢晚会，观看文艺演出，及至燃放烟花结束，当晚乘火车返回广州。也就是这一天，商团封锁了广州街市，迫使商店罢市，危机进一步蔓延。

10月10日，广州市第一公园内。中共广东区委组织40个革命团体的群众代表一万余人举行大会，严正警告反动商团。代表们高喊"打倒商团，拥护革命政府"的口号，开始了远比商团力量更为强大的示威游行。

同一时间，孙中山正在韶关飞机场举行阅兵式。检阅完毕，孙中山简短演讲，主要是讲北伐意义，号召黄埔学生参加总队勇敢作战，彻底打败北洋军阀曹锟和吴佩孚。

军校为纪念武昌起义举行阅兵仪式，另一批军校学生参加广州各界人民庆祝"双十"游行，周恩来和一百多名黄埔军校的学生走在游行队伍的最前列。

下午2时，游行队伍到达太平路口时，刚好与杀气腾腾的商团军迎面相碰。

面对游行队伍，商团军立即向游行的群众施放排枪。手无寸铁的游行群众当场被打死20多人，伤100余人。4名黄埔军校的学生，悲壮地倒在血泊中。商团的手段非常残忍，他们把游行队伍的人的尸体解剖。

商团还打出"械存与存，械亡与亡，打倒孙文"的口号。一时间，广州形势十分紧张。

满身血污的周恩来和金佛庄、陈复等抬着死难同学的尸体回到黄埔军校,那一具具尸体就停放在办公楼前大操场上。

顾浚一旁望着周恩来疲惫的身影,本来要跑上前去和周恩来打个招呼,但见到许多死难同学的尸体,又不知所措。他一直在心里敬佩的周恩来都参战了,那浑身的血迹,分明是一个真正的战士。

顾浚顿时感觉有一种壮怀激烈的情绪充盈在周身,他禁不住高喊起来:"消灭商团!"

顿时,军校的师生们再也按捺不住了:

"让我们开赴广州,消灭商团武装!"

群情激愤,师生们纷纷请求参战。

广州政府决意镇压商团武装,但执行的军队却三心二意,滇军要放火烧木栅,负责指挥前敌的粤军将领不肯,说是不能烧自己的家乡人。

一直希望和平解决商团事件的孙中山,并没有及时采纳中国共产党提出的坚决镇压商团的意见。

"一定要镇压商团,他们太可恶了!我们都要求请战!"

顾浚鼓动同学们:"同学们,我们身为军校学员,就是一名军人。我们的同学被反动商团无辜打死打伤了,怎么办?"

"报仇!"

"报仇!"

"打倒反动的商团!"

顾浚道:"对,我们要为死难同学报仇,我们要坚决与之决斗!同学们,愿意去的就和我一起写请战书吧。"

一时间,学生的决心书、请战书雪片一样向校本部飞去。

10月11日下午,孙中山再致电函蒋介石:"介石兄鉴,新到之武器,当用以练一支决死之革命军,其兵员当向广东之农团、工团(军)并各省之坚心革命同志招集,用黄埔学生为骨干,练兵场设在韶关。故望兄照前令办理,将武器速运韶(关),以免意外,至要至要!此意请转知鲍（罗廷）顾问，并请他向各专门家代筹妥善，计划及招致特种兵之人才为荷。文。十月十一日。"足见孙中山在危难关头仍对黄埔军校深寄厚望。

黄埔军校的师生又奉命回师广州，参加平叛。孙中山让教官文素松和队长陈复在附近选择一个高地，把队上学生分成两部分，一部分防守，一部分攻击，文教官等将地形选好，做好了攻防计划。

此时驻韶关的黄埔军校第一期第一队全体学员，因辍学日久，患病较多，经孙中山批准，决定整队择日离韶返穗。

10月12日早晨，顾浚所在的第一队在教官文素松率领下，乘坐火车南返广州，而后转赴黄埔军校本部续学，遂结束了随侍孙中山参加北伐督师22天的难忘历程。

10月14日，孙中山以大元帅名义发布平定商团手令："兹为应付广州临时事变，所有黄埔陆军军官学校、飞机队、工团军、农民自卫军、陆军讲武学校、滇军干部学校、兵工厂卫队、警卫军统归蒋中正指挥，以廖仲恺为监察，谭平山副之。"

黄昏，大雨倾盆而下。第二、第四队学生接到进入广州城区参加巷战演习的任务。

永汉路已经积水很深，两队学生军军纪严明，斗志高昂，虽行军大雨之中，但步伐整齐，行阵不乱，一往无前，旁若无人。

与此同时，孙中山命令在北江的部队，包括滇军、工团军、农团军、卫士队等，连夜赶赴广州。

黄埔学生军全部进入广州后，直到深夜才接到正式命令，宣布：围剿商团叛乱。

商团作为土霸，虽说枪械不错，但毕竟都是商家的店伙计，从来没真枪实弹地打过仗。他们欺负老百姓还可以，怎么能够与经过组织训练的部队来进行正面抗击？

15日凌晨1时，蒋介石命令吕梦雄率第一学生队往石井兵工厂任孙中山卫队，第二学生队留守黄埔本校，负黄埔军校守卫任务，由王柏龄担任指挥，他自己率领第三、第四两队学生，与广州农团军一道，从黄埔岛分乘"大南洋号"等7艘交通艇，悄无声息地在广州天字码头登了岸，分五路迅速对西关、西瓜园、太平门、普济桥为重点的商团武装控制区完成了包围。凌晨4时开始发起攻击，由黄埔学生军和一部分粤军、滇军、桂军，实行攻击，先用煤油喷射木栅，引起大火，然后军队往里冲。

据守西瓜园和普济桥头的商团军看到黄埔学生军来了，所以，火一起来，就如惊弓之鸟纷纷逃散。

西关是商业中心，也是广州商团联防总部的所在地，防守最为严密。在这里，学生军却遇到了商团军的顽强抵抗。

面对数以千计的商团军凭借街垒进行的顽固抵抗，黄埔学生军加强了攻势，摧毁了栅栏，攻占了商团的据点。

黄埔军校学生和工团军、农民自卫军及大元帅府所辖各部队同时发起冲锋，一举攻进了西关，占领了商团联防总部及全部据点。参战的各支军队，除了黄埔学生军外，都趁机抢劫，以致商家损失惨重。

黄埔军校首树军威，使广东局势转危为安。

这次战斗，黄埔学生军第一次把自己呈现在广州各界和广大市民面前，各种对黄埔师生的赞誉之声也接踵而来。蒋介石淡淡地说道："权当一次实际的演习吧。"

顾浚经历了一场真枪实弹的战斗，得到了真正的革命战斗洗礼，他觉得自己在战场上学习，在战场上展现自己英勇顽强的一面，成长为一名真正的革命军人了。

10月19日，黄埔军校第一期学生分发各团各队任见习官。见习期间，每月薪水18元，食宿与排长同等待遇。

10月30日，蒋介石编辑成的《增补曾胡治兵语录》，并作序言，要求军校师生每人一册。《曾胡治兵语录》是中国近代重要的军事著作之一。1911年春，蔡锷到云南负责新军训练工作。当时的"新军"，纪律废弛，风气败坏，蔡深感痛心。于是，他就从湘军统帅曾国藩、胡林翼的奏章、函牍和日记中,摘取大量有价值的内容,编成十二章,取名《曾胡治兵语录》,作为云南新军的"精神讲话"文稿。蒋介石为该书增补"治心"一章,以《增补曾胡治兵语录》名义印发,作为黄埔军校的教材。蒋介石就是要利用曾国藩的治军思想统一黄埔生的思想。

顾浚和一些学生有些困惑不解,开始议论——

顾浚:"军队但知服从,不问政治? 除了服从,军人还能做什么?"

"蒋校长说,长官与下属亲如父子,这不是要我们盲目服从吗? 长官错了也要服从?"

……

顾浚对蒋介石编辑成的《增补曾胡治兵语录》感到枯燥无味,于是,他经常到军校图书馆阅读一些报刊。

第四队教室旁有一间旧房子,是新建成的军校图书馆。图书馆面积不小,设施却十分简陋,所陈列图书大部分是黄埔军校官生经校政治部倡议后捐献的。校方批给的钱不多,也订购了大量的各种报刊。当时市面上凡能购到的进步出版物,这里几乎都有陈列,而且不分"三民主义"、马克思主义,如《向导》《中国青年》《洪水》等,都放在醒目位置,供广大师生争相阅读。

以前,学生们除紧张艰苦的军事训练,几无书可读。节假日,顾浚和其他同学一样,偶有机会便从黄埔岛乘大火轮到达广州长堤码头。一上岸,第一件要事则是到永汉路、惠爱路各书店去搜购进步杂志和新书。

第十章
毕业留校

1924年11月30日，在距离开学典礼仅五个半月之后，黄埔军校第一期毕业，入学499人，及格者456人。由湘军讲武学堂合并到军校的158人及四川送来的20余人编成的第六队学生也归入第一期，因此毕业生实际为645人。

从此，顾浚和其他黄埔军校第一期毕业的同学一样，登上了波澜壮阔的历史舞台。

黄埔军校第二期于1924年8月、10月、11月分批入学。第二期学员共450名，由严重任总队长，张治中为副总队长。分为五个队：步兵科两个队，炮兵、工科、辎重科各一个队。

顾浚在黄埔军校毕业后，留任第二期学生步兵科排长。

黄埔军校二期军事分科教学，科目分为步兵、炮兵、工兵、辎重兵、宪兵五科，各科除陆军礼节、军队符号、军语、卫生学等一般军事学外，其所授学科教育为：（一）步科。步科学生所授教育，仍为典范令、战术、兵器、筑城、地形、军制、交通、陆军礼节、军语、卫生学等学术两科，与第一期大致相同。（二）炮科。炮科学生所授学科，除典范令、四大教程外，为野战炮兵操典、野战炮兵射击教范、阵中勤务、马术教范、驭法教范、野战炮兵筑垒教范、马学摘要等术科，为徒步教练马术驭法之骈马教练。山炮驭术、马枪操法至操炮，则分部分教育、综合教育之运动与射击。野外演习，分距离测量、传达勤务、侦探勤务、道路侦察、行军、宿营、战斗等项。此外，尚有工作实施之山炮、野炮等掩体，与夜间演习、通信教练等。（三）工科。工科学生所授学科，为工兵操典、地形学、射击教范、筑垒教范、架桥教范、筑营教范、通信教范、交通教范、爆破教范、坑道教范、步兵教范摘要、野外勤务摘要、夜间教育等。术科方面，除制式教练与步兵略同外，其他有筑垒实施、架桥实施、通信实施、爆破实施、筑营实施、坑道实施等。（四）辎重科。辎重科学生所授学科，为辎重操典、辎重勤务、阵中要务令、铁道船舶汽车各种输送学、马学马术教范、应用战术游泳学、射击教范、测图学等。术科方面，分步兵班排连营教练乘马、单人教练乘马、排教练调马索挽马，教练运送弹药、游泳术、调教马匹、汽车驾驶术、实地测图、检查车辆、野外演习、实弹演习、器械体操等。（五）宪兵科。宪兵科学生所授学科，为宪兵学射击教范、一般之军事学、陆军现行惩罚令、陆军警察学、军制大要、马学马术教范、捕绳学、侦探学、陆军礼节等。术科则为步兵教练、乘马教练、手枪射击术、劈刺术、捕绳实习、实弹演习、器械体操等。

政治部主任邵元冲一直把政治部主任一职当成一个官来做，既不接近学生，也不接近教官，和党代表廖仲恺很少打交道。每个星期里，邵元冲由小汽艇送到岛上来做几次政治演讲，讲完后夹上公文包便又匆匆离去。他的每次演讲内容，不外乎从孔孟的"忠孝礼义"联系到孙中山的"三民主义"，并阐述"三民主义"的基础来自孔孟的仁义、仁爱之道。他所演讲的这一套不仅一般学生十分反感，就连国民党学生也认为他歪曲了总理的"三民主义"之内容，时常起哄，赶他下台。好在邵元冲是"宰相肚里能撑船"，并未将这群乳臭未干的黄毛学生的戏言当回事，仍旧摇头晃脑地讲他的孔孟之道，不管学生是否在听。久而久之，以后每当邵元冲做政治演讲时，学生们要不就酣然入睡，要不就随意聊天，好不自在。因而大家戏称他为"催眠术主任"。邵元冲所主持的政治部，其实是个空架子，只有两位担任记录工作的书记，成了实实在在的"聋子的耳朵——摆设"。对此全校师生极为不满，一致强烈要求撤换邵元冲。情况反映到廖党代表那里，廖代表接受了师生们的强烈要求，经同蒋校长、苏联军事顾问加伦将军会商，决定请中共方面推荐一位适当人选接任政治部主任。

中共广东区委经过认真考虑，决定派周恩来去军校接任这一职务，并同时兼任中共广东区委军事部长。

11月，军校政治部代理主任邵元冲随校总理孙中山北上，政治教官周恩来任军校政治部代理主任。11日早晨，军校的上课号还没有响，周恩来在张申府的陪同下，乘军校的小交通艇来到了黄埔岛。在码头见过了前来迎接的蒋介石、廖仲恺及军校高级长官。

廖仲恺对周恩来说："你一来就好了，政治部以前只落个空架子，学校的政治教育只有个空名，有人因此说我们军校还是那种只注重军事而没有主义的癞子。军校的政治工作，孙大元帅都在指望着你呢！"

周恩来对廖仲恺早有所闻，知道他是国民党中极有影响力的、务实的政治活动家，孙中山联俄联共政策的最坚定的捍卫者和执行者，便谦虚地说:"我刚从国外回来,情况不熟悉,以前也没有过主持这方面工作的经验,惟望校长、党代表并各位多指教!"

大操场上,军校全体师生都集合好了,蒋介石简单介绍后,由周恩来即席致辞。

第十一章
做一个真正的军人

顾浚从他入黄埔那天起,就暗暗下定决心:一定要发扬黄埔精神,将来自己一定会成为一个好军官,做一个正直的军人。

1925年元旦,蒋介石对黄埔军校学生进行训话。他对黄埔军校学生的训话中阐述:"亲爱"是要所有的革命同志能"相亲相爱",本校的宗旨"精"是"精益求精","诚"是"诚心诚意"。"中国以血洒花,以校作家,卧薪尝胆,努力建设中华。""亲爱",相亲相爱,和谐共处。"博爱"与"和"是中国传统文化的重要特征,提倡宽厚之德，发扬包容万物，兼收并蓄，醇厚中和的"厚德载物"的博大精深。广义而言，可理解为对祖国和人民的深厚感情，即爱国守法，乐于奉献，亦可理解为对事业、学校的热爱，刻苦学习，努力工作，爱岗敬业；于学院而言，可理解为全体师生员工团结协作，和谐共处。"精诚"，精益求精，诚心诚意。"精"，既包含对学业和事业的执着追求，实事求是，脚踏实地，精诚所至，金石为开；"精"，亦指精神、精气，治学讲气，治校讲气，做人也当讲气；"诚"，指道德修养，要以诚待人，明礼诚信，爱岗敬业，乐于奉献。

顾浚心中嘀咕道："但愿校长能够真正落实'亲爱精诚'，造就一批'顶天立地'和'继往开来'的堂堂正正革命军人。"

2月1日，黄埔军校教导团在校长蒋介石、校政治部代理主任周恩来的率领下，从黄埔岛出发东征，讨伐叛军陈炯明部。3月下旬，将陈炯明所属叛军林虎部和洪兆麟部击溃，并迫使杨坤如部接受改编，第一次东征战役结束。同年4月13日，国民党中央执行委员会做出决议，以黄埔军校教导第一、第二团编成党军第1旅，何应钦任旅长。同月23日，黄埔军校组成教导第三团，钱大钧任团长，归党军第1旅建制。5月，驻粤滇军总司令杨希闵、桂军总司令刘震寰起兵叛乱，企图推翻广州国命政府。党军第1旅奉命撤离东江，回师广州镇压杨、刘叛乱。7月26日，国民党中央军事委员会为统一军队名称，决定取消以省别冠名的军队名称，统一称为"国民革命军"。8月26日，国民革命军统一编成五个军。其中，以党军第一旅和建国粤军第四师合编组成国民革命军第一军，蒋介石任军长，何应钦任副军长，王懋功任参谋长，周恩来任政治部主任。以第一旅改为第一师，何应钦兼任师长；以黄埔军校教导第四团、第五团编成第二师，王懋功兼任师长；以收编的粤军一部编为第三师，谭曙卿代师长。同年9月，陈炯明在帝国主义和西南军阀的支持下卷土重来，再度占据东江，威胁广州国民政府。广州国民政府决定把第一军编为东征第一纵队，何应钦任纵队长，率部再次东征。至11月底，东征军全部肃清东江地区之敌,结束了陈炯明的叛乱历史。东征作战结束后,该军将粤军张和旅与余鹰扬团合编为独立第二师;将黄埔军校教导团扩编为教导师。此时,该军下辖:第一师,何应钦兼任师长;第二师,王懋功兼任师长;第三师,谭曙卿代师长;独立第二师,冯轶裴任师长;教导师,王柏龄任师长。

12月1日,军校政治部设政治训练班,训练各见习官和各见习党代表,另设宣传研究班,培养宣传人才。顾浚参加了培训。

军校第三期新生陆续入校,共1200多人,编为1个入伍生学生总队,下设3个营,后又改为3个大队,进行入伍教育。从这一期开始,实行入伍生制。第一期学生毕业生全部分发见习。除部分留校工作,部分派往海军、工人纠察队、农民自卫军出任政治工作和教练工作外,绝大多数派往本校教导团任基层干部。第二届中共黄埔党支部成立,以杨其纲为书记,余洒度为组织干事,周逸群为宣传干事,王逸常、麻植为候补干事。第三期第一大队上校大队长郭大荣,第二大队中校大队长陈复,第三大队中校大队长张与仁。第一队少校队长:翟瑾。第二队上尉队长:伍树帆。第三队上尉队长:陈奇涵。第四队上尉队长:杨宁。第五队上尉队长:魏鸿。第六队上尉队长:杨文琏。第七队少校队长:范荩。第八队上尉队长:冯剑飞。顾浚担任第九队上尉队长。

中国共产党第四次全国代表大会于1925年1月11日至22日在上海举行。出席这次大会的代表有陈独秀、蔡和森、瞿秋白、陈潭秋、张太雷、周恩来、彭述之、李立三、罗章龙等20人(其中有表决权者14人),代表全国994名党员,共产国际代表维经斯基参加了大会。陈独秀代表第三届中央执行委员会做了工作报告。大会还在总结和国民党建立统一战线经验的基础上,确定了党同国民党关系的新政策,基本方针是:打击右派,争取中派,扩大左派。大会强调指出,共产党要在国民党内和党外,坚持彻底的民主革命纲领,保持自己的独立性。为适应革命大发展的需要,大会决定在全国范围内建立和发展党的组织,并决定将原党章中有 5 人以上方可组织小组的规定,改为"有三人以上即可组织支部"。此外,大会对中国民主革命的内容做了较完整的规定,指出在"反对国际帝国主义"的同时,既要"反对封建的军阀政治",又要"反对封建的经济关系",这表明,此时党已把新民主主义革命基本思想的要点提出来了,为大革命高潮的到来做了政治上、思想上和组织上的准备。

在中国共产党第四次全国代表大会上,有人主张接受国民党的领导。

中共领导人对此抱有不同看法,这些看法并未引起过共产国际的重视。在国民党内部,反对共产党的声音和行动甚至愈演愈烈。

1925 年 1 月下旬,广东国民政府决定将组建起的黄埔学生军投入东江战役,彻底消灭陈炯明这股叛匪部队。为了保证战役的胜利,协调各方面的关系,周恩来被任命为东征军政治部主任,协助蒋介石、加伦将军在前线指挥作战。这样,黄埔军校政治部主任一职便由苏联顾问鲍罗廷的翻译卜士奇挂名代理。

卜士奇挂名政治部代理主任期间,由于其他工作繁忙,很少到军校来,军校内的思想政治工作松弛下来,军校的孙文主义学会与青年军人联合会对立情绪日趋严重,直到个别人开枪行凶。在此情况下,中共广东区委应廖仲恺请求,派包惠僧接任军校政治部主任。

包惠僧接任军校政治部主任后,首先极力与当时军校的教育长钱大钧搞好关系,想通过他做好国民党右派师生的工作,劝他们不要在军校内闹事。对政治部的工作,人员还是照旧。包惠僧把政治课程安排得很紧,每天两次至四次,每次两小时,这样把学生每日的时间掌握得很紧,使他们除了吃饭、睡觉和军事课程外,其余的时间都在课堂上听政治课。

顾浚在黄埔军校各个任职期中,工作都是兢兢业业,加之练兵有方,极为蒋介石所器重。周恩来及苏俄顾问曾多次嘉奖,为黄埔同学同事所钦佩。蒋介石也曾多次在校本部大会上表扬顾浚,号召全体官兵向他学习。

1925年7月至1926年1月,全国各地和邻近兄弟国家的革命青年陆续来粤应试,报考陆军军官学校第四期,先后经九次考试分七批入校,初为入伍生,由于报考本期被取录的人数众多,故将之编为入伍生一、二、三团,设入伍生部专职管理。

1926年1月上旬,随着东征的胜利和广东省南部局势的稳定,广州国民政府军事委员会命令李济深负责指挥所部渡海作战,并限一个月内肃清邓本殷叛军,占领海南岛。李济深得到命令后,随即率领由东江调来南路的张发奎、陈济棠两部进驻雷州。17日,李济深来到雷州半岛的外罗港,指挥南征军分三路渡海进攻海南岛。18日,南征军继续追击,占领了锦山、湖山和琼山三地,并往西向琼山、海口方向进击。南征军渡海成功,让邓本殷慌了手脚。原有在海口协助防守的两艘军舰,因多日没有发饷,故而撤走,其部队略做抵抗后即纷纷退却。南征军在海南人民的积极支持下,派队追歼,迫使残敌纷纷向国民革命军缴械投降。1月28日,李济深致电国民政府,报告战果。2月2日,黄埔军校派出第三期毕业生赴海南岛,到正在和军阀邓本殷部队作战的国民革命军第四军中见习,以求为学生增添实战经验、为南征军补充力量。

1926年3月,经入伍生升学考核转为学生,共编为步科第一、二团(每团辖九连)1667人,炮科大队(辖二队)135人、工科大队(辖工兵、通信二队)131人、经理大队(辖二队)198人、政治大队(辖三队)500余人,并举行隆重的开学典礼。学习科目分步、炮、工、政治和经理五科。本期校名从原称陆军军官学校、中国国民党陆军军官学校,易名为中央军事政治学校(通称黄埔军校)。

黄埔军校第四期学生要比前三期优秀得多,因为根据中共中央的决定,考生的挑选由地方党组织承担起来。这样,许多年轻的共产党员和共青年团员都被派到黄埔军校学习。

顾浚被调任黄埔军校第四期第一团第一营第一连连长。在第一连

80多名学生中,其中湖南30人,占多数;浙江10人;陕西5人;河南5人;湖北4人;四川4人;山东3人;山西3人;福建3人;广东2人;江苏2人;绥远2人;安徽、云南、贵州、直隶各1人;还有1名韩国的学生(3月8日,以朝鲜义烈团团长金若山为首的24人,作为黄埔军校第四期学生入校学习)。

黄埔军校第四期在校期间正是军校开始第二次东征和举师北伐之时,入伍生之勤务最多,入学伊始,就派去驻守惠州、卫戍广州,警戒虎门,监视各兵舰和看守"廖案"要犯等任务。迄至1926年3月军校扩大改组后,学生的政治与军事学习课程日臻于正规。投身社会工农运动和政治宣传的实践也极为频繁,收获特多。

顾浚听说第四期政治科大队第一队有一个叫周恩寿的学员,他是周恩来的小弟。周恩来共有两个弟弟,二弟叫周恩溥,三弟叫周恩寿。周恩寿生于清光绪三十年二月二十三日,即公元1904年4月8日。他出生后因皮肤稍黑,家里人便顺口喊他"小黑子"算作乳名,取大名恩寿,字同宇。

一天饭后,顾浚主动找到周恩寿。

顾浚向周恩寿介绍了自己的情况,周恩寿微笑着说:"我从哥哥和朱德同志那里了解过你的情况,听说你在德国时就提出过要加入组织。"

顾浚道:"惭愧,还没能为党做什么工作。很羡慕你,也很敬佩你,更敬佩周主任。"

周恩寿笑道:"顾连长,我没有什么值得敬佩的,倒是你的正直为人让我敬佩。"

顾浚说:"听说你原来是开展地下工作的。已经是一名老党员了。"

周恩寿笑道:"是的,我于1924年加入了哥哥等人创办的觉悟社,成为一名交通员,后来我向大哥提出,自己想加入中国共产党。哥哥就对我说:'你要想清楚,参加共产党意味着什么。'我说我想好了,我一定要加入共产党。就这样，那年冬天我就正式成为一名共产党员。哥哥认为我在做地下工作这方面有天赋，接着就开始做地下工作了。"

顾浚问："你什么时候来广州的？"

周恩寿道："去年秋天，我在北平收到了哥哥从广州发来的电报，根据中央的指示，命令他即刻赶赴广州，因为我在哥哥的领导下开展地下工作。就这样，我就告别了战友们。抵达广州后，我就于今年1月进入了黄埔军校第四期。"

一次短暂的谈话，让顾浚和周恩寿成为相识。

在黄埔军校，顾浚对待学生和蔼可亲，循循善诱，反对对学生施行法西斯教育，颇得学生尊敬。

顾浚任第四期第一团第一营第一连连长期间，不少人主张对学生施行体罚教育，顾浚极力反对。顾浚提出异议之后，陈赓（第一团第三营第七连连长）、韩浚（第一团第二营第四连连长）也积极赞同。但是百分之九十五的人持反对态度，包括团长张治中在内也反对。从表面上看，多数已经压倒了少数。

顾浚等人毫不让步，据理力争：一星期之内，学校要专门召开三四次会议，讨论这个问题。

张治中采取投票方式解决。当然，这样顾浚定输无疑。顾浚却提议："要将此事公布给学生，让学生讨论。"

这样一来，张治中慌了，他怕搞成僵局，再则也不愿得罪顾浚、陈赓、韩浚等人，因为他们均是第一团的骨干连长，所以就主动让步了。

张治中对顾浚说："顾连长，你是正确的，我们大家依你的。"

后来，此事在学生中传开了，同学们异口同声地称赞，都说："顾连长真是个好连长！"

在7月北伐誓师前后，第四期学生就相继派入国民革命军的八个军内担任连长、连党代表、排长、班长或战斗骨干等基层领导职务。成绩优秀的学生，指定调入北伐军总司令部和直属的警卫团、补充团等部队服务。在北伐战争中发挥了积极作用,立下了汗马功劳。同时,也证明本期军事训练和政治素质已达到高水准。

1926年10月,第四期学生毕业。

听说周恩寿要走,顾浚找到周恩寿,有意进行话别。

周恩寿摇摇头:"在黄埔军校快半年了,我仅与哥哥见过一面,还是他主动来找我的,他对我说:'同宇,一定要打牢基础,学好本领,我这个做哥哥的,是绝不会给你走后门的。'其实,我心里有自己的打算,我不会让他为我操心。"

顾浚点点头:"是的,你跟其他学员没什么两样,没有丝毫特殊的照顾。"

周恩寿说:"我习惯了地下工作,重要的是把握好自己,不给别人添麻烦。一切都要严守秘密,与人接触要十分小心,包括自己的同志,能回避的交往一定要回避。我知道你是自己的同志,了解你和朱德同志的关系,现在又是连长,只能直说了。"

第十二章
加入中国青年军人联合会

　　1925年1月初，遵照周恩来的指示，蒋先云、周逸群、顾浚、刘云等一起，商议如何在黄埔军校中建立一个以共产党员和共青团员为骨干的青年军人的群众组织。

　　顾浚私下里与蒋先云商议，主张积极向周恩来提议建立"中国青年军人联合会"。

　　蒋先云将提议汇报周恩来，周恩来说："这个设想很好，但也要得到军校领导的认可。"

　　军校党代表廖仲恺听到报备后十分赞成："这是一件好事情，也是一个好办法。其一，团结了各军校的学生,用黄埔军校的革命精神影响他们,使之成为革命的军人;其二,有了一批革命的军人,何愁北伐不成功。我一定支持你们。"

蒋介石听了蒋先云的汇报,也是满口支持:"先云同学,你是校长十分器重的学生,你的这一想法很好。黄埔精神是革命的精神,革命的精神就要发扬光大。很好!很好!"

蒋介石还为这个"中国青年军人联合会"的纲领写了序言,以很高的热情评价了它的革命意义,并呼吁青年军人都来参加这个组织的革命活动。联合会成立时,其所需经费计划每月由国民政府支付2300元,除此之外,蒋介石与谭延闿每月分别支持200元和150元,国民党中央也将支付150元的补助。

在各方的支持下,"中国青年军人联合会"的筹备工作就绪。

陈炯明自1922年冬退据粤东东江一带后,一直和广州孙中山领导的革命政府相对抗。1924年冬,他乘孙中山北上之机,自封为"救粤军总司令",纠集洪兆麟、林虎等部约三万余人,在英帝国主义及北洋军阀段祺瑞政府的支持下,准备进攻广州。

为此,广东革命政府决定进行东征。

1925年1月7日,陈炯明兵分三路,杀向广州。

孙中山到达北京后,由于积劳成疾,肝病恶化,卧床不起。北伐军谭延闿部和朱培德部出师不利,兵败江西。留守广州的府群龙无首,内外交困。

1925年1月31日,黄埔军校全体师生在大操场举行东征讨伐陈炯明的誓师典礼。

黄埔军校教导团和在校入伍生严阵以待,准备出征。

此时距离孙中山北上刚刚两个月,盘踞在东江地区的陈炯明认为反扑时机已经到来,遂自任"救粤军总司令",他得到英帝国主义和段祺瑞的帮助,并联络驻广州的滇桂军阀和反动势力做内应,妄图一举成功,实现其统治广州的美梦。

2月1日,在中国共产党的推动和支持下,广州大本营发出总动员令,并做出东征陈炯明的部署。 中共广东区委发表了"檄告广东工农群众,保卫革命,打倒陈炯明"的文告。

大元帅府紧急组织了由滇、桂、粤军组成的东征联军。

滇军为左路军,桂军为中路军,右军则由许崇智的粤军和黄埔军校的两个教导团组成。 黄埔军校教导团联合在校学生、入伍生,严阵以待,准备出征。 以校军教导团第一、第二团组成东征军力,担任右翼作战。 蒋介石为粤军参谋长,参与指挥右路军作战。 校军由蒋介石、廖仲恺领导,钱大钧为参谋处长,周恩来为政治部主任,随军出征。 第一期留校的黄埔生担任黄埔军校第一、二教导团的连、排长或营、连党代表。

广东的地方势力,特别是一些滇系、桂系军阀部队的一些首领,对黄埔师生是有看法的——

"都是些中看不中用的孩子!"

"他们原来就是一些工人、农民、学生、老师,没什么战斗力,打不了什么仗的。"

"教导团是黄埔官生组建的第一支军队,成立还不到两个月,他们缺乏实战经验,只能当作预备队使用。"

"让他们留守广州吧。"

……

蒋介石、廖仲恺却不以为然,力主学生军参加讨伐陈炯明的作战。

听说一期生能够参加东征,二期生也积极要求参战。

原来顾浚所带排的学生们找到顾浚,要求顾浚带他们一起参加东征。

顾浚把自己要带领二期学生锻炼的想法反映给周恩来。 周恩来表示赞同。

最后,军校让二期学生随教导团出征。

此时,顾浚已是三期生的连长,三期的学生也要求顾浚向学校反映，也要参加东征。

于是，三期入伍生也加入了东征的行列。

军校成立入伍生队总队部，接收陆续到校的入伍生开展士兵教育。

顾浚带领入伍生，将军用品输送到东征前线。

1925年2月1日，广州革命政府联军东征开拨的日子。

广东大学操场上，身穿灰卡其布军服，戴大檐帽，脖子上都系有一根红布巾的黄埔军校学生军，显得精神抖擞，威武雄壮，这里是当时广州最大的操场之一，南方革命政府及地方各界的许多重大集会都在这里举行。今天，蒋先云、周逸群、陈赓以及全体黄埔军校学生军，再一次成为广州各界注目的中心。

上午9时左右，各单位的队伍陆陆续续开来了，站到了划定的位置，除黄埔军校外，还有滇军学校700人、粤军军官学校270人、桂军军官学校290人、大元帅府铁甲队百余人、海军30人、飞机学校20人，还有其他本不属于联合会的会员，以及自发以团体名义前来参加的中国国民党中央执行委员会、广东省政府、广州工人代表大会、广东辗谷工会、广州农民运动讲习所、中共中央党部妇女部数十个单位共一万余人。当日上午，他们首先参加在那里举行的中国青年军人联合会成立仪式，以"消灭陈炯明，保卫广州大元帅府，巩固广东革命根据地"为主题，集体宣誓。结束后，即按军事委员会下达的指令，分途向东江进剿。

廖仲恺对何应钦说了句什么，离开黄埔校军的方阵，仍不放心地问蒋先云：

"对所有重要的来宾，是否准备了签到簿，不能搞忘了。"

"已准备好了，李之龙在来宾席专门负责。"蒋先云边回答，边抬起手背擦了一下脸上的汗水。由于太忙，他那张年轻而充满勃勃英气的脸涨得通红，军服上、手上，都是刚才划分场地时弄的一块块的白石灰。

"蒋校长，周主任还能不能来？"蒋先云在兴奋之中，又有一丝遗憾。

廖仲恺："校长不是亲自为联合会的发起写了篇序言吗？"

"是的，我已经交给大会秘书处，要在会上散发的！"

廖仲恺："校长和周主任都十分关心和重视你们今天的这个会，这是一个很有影响、很重要的大会。特别是在今天我们即将出征消灭陈炯明叛军之际，召开这个成立大会，用这个形式，把广州一切拥护革命政府的武装力量和人民群众都联合起来，团结一致，向着我们最凶恶的敌人陈炯明宣战，你们的这个联合会十分有意义。但昨天下午，他们带人到石龙一带去勘察地形，进行作战部署，到今晨我离开黄埔时还没有回来，恐怕是赶不上参加了。"

代理大元帅胡汉民，中共广东区委书记陈延年等在李之龙引导下，也来到了会场，全场响起了热烈掌声。

在各方的支持下，"中国国民党青年军人联合会"于1925年2月1日宣告成立。当天在中山大学召开成立大会，参加大会的有陆军军官学校、粤军讲武学校、桂军军官学校、滇军干部学校、铁甲车队、福安军舰、武风兵舰、飞鹰兵舰、军用飞机学校的军人学生，以及一些已经毕业的学员共600余人，滇干校700余人，粤武校270余人，桂军校290余人，甲车队100余人，海军30余人。还有中国国民党、省政府、广州工人代表会、广东辗谷工会、中央党部工人部、广州青年工社、水面工人合群社、海员工会、农民讲习所、中央党部妇女部、车衣总工会、油业工会、市郊农民协会、三三学会妇女运动委员会、雷州青年同志社、杂务工社、建国宣传学校、花县农民协会、电车女司机联合会、女界联合会、女佣传习所、建国桂军第二军一部、联义海外交通运输部、壬戌社、改造惠阳同志会、建国军广东别动队、东江民治促进会惠阳分会、紫金分会、龙门分会、东莞民治促进会、滇军东江保商队、东江讨贼军、龙门留省学会、罗定商民协会、龙川工商联合会。此外农工商学兵各界同志之私人参加者甚多。会后5000多人还到市区游行,场面好不热烈,吸引了众多市民观看。

会场在广东大学大操场。场西设讲坛,坛右设军乐处,坛前设来宾座,座后即各会员席(滇干校、粤武校、桂军校、黄埔军校、甲车队、海军)。全场满布游旗标语,如:"团结革命军人""拥护革命政府""实现三民主义""劳兵农联合起来""捶碎世界的锁链""洗净人类的垢污""人类的牺牲者""革命的先锋队"……

担任大会主席的蒋先云双手正了下军帽,努力抑制住内心的激动,以与他23岁的年龄不相称的沉着,郑重向全场宣布:

"中国青年军人联合会成立大会现在开始!"

由黄埔军校学生组成的军乐队,一起把亮铮铮的西洋乐器举了起来,短促激昂的军乐声,立即把全场的气氛推向了高潮。

蒋先云宣布开会宗旨说:"中国受帝国主义和军阀的压迫,帝国主义勾结军阀,军阀以军人为自私自利的工具。因此,军人比其他的国民遭受压迫更重,困苦更甚。为救国救民救自己计,所以要团结起来。团结就是力量!军阀养军人,是用以压迫人民的,我们觉悟了的军人,要联合工、农、学、商各界民众为一气,拥护全民的利益及幸福。我们的敌人就是军阀及帝国主义。陈炯明勾结英国帝国主义,是我们目前的第一个敌人。因此,在我们联合会旗帜之下的同志们,第一应一致打倒陈炯明。"

随后,他宣读了那篇在周恩来指导下,经过多次修改的《中国青年军人联合会成立宣言》。

蒋先云的发言,一次次激起全场热烈的掌声,许多人自发地举起了拳头,呼喊各种革命口号,蒋先云几次被迫中断下来。

顾浚按捺不住激动的心情,对身边的同学说:"我们要唤民族觉醒,呼唤为中华民族的自由独立和解放而战。"

同时默默吟诵道:

"军歌应唱大刀环,誓灭胡奴出玉关。只解沙场为国死,何须马革裹尸还。"接着,低声唱起来:

"打倒列强，除军阀——"

顿时，会场唱响《国民革命歌》：

打倒列强，打倒列强，除军阀，除军阀。

努力国民革命，努力国民革命，齐奋斗，齐奋斗。工农学兵，工农学兵，大联合，大联合。

打倒帝国主义，打倒帝国主义，齐奋斗，齐奋斗。打倒列强，打倒列强，除军阀，除军阀。

国民革命成功，国民革命成功，齐欢唱，齐欢唱。

胡汉民、廖仲恺、邹鲁等也纷纷发表演讲。

陈赓受中国青年军人联合会的委托代表答词：今日本会成立会，承廖党代表、胡代帅、邹校长及工农学各界代表赐训，无任感激！十四年来革命尚未成功，其在军事上之失败的唯一原因，即军人仅为军阀的工具，受军阀之利用。现在有了觉悟，才有此团结。谨以诚意表白我们的志愿：（一）竭诚拥护革命政府，实现三民主义；（二）发誓不做后起的军阀；（三）与农、工、商、学、妇女各界大联合，一致进攻帝国主义与军阀。

全场唱《三民主义歌》。

再次奏乐。全体高呼口号：

打倒军阀！打倒陈炯明！打倒帝国主义！

中国青年军人联合会万岁！中国国民党万岁！

三民主义万岁！革命政府万岁！

大会结束，与会者走上街头，参加巡行总人数约五千人。旗帜蔽空，整齐严肃，高呼口号，举行声势浩大的游行活动。

顾浚和同学们一起附带散发宣言及传单三种。广州市内万人空巷，游行队伍所到之处，交通为之堵塞。

青年军人联合会是由共产党员出身的学生们所倡导成立的。创立之初，它并不是党派色彩明朗的组织，而只是一个在军校公开活动的反帝反军阀统一战线性质的群众性组织，它的主要领导人有蒋先云、李之龙、杨其纲、周逸群、陈赓这些公开的共产党员。

尽管顾浚是建立"中国青年军人联合会"的主要提议者，由于顾浚的共产党员身份并没有公开，按照周恩来要顾浚"开展地下工作"的意见，顾浚没有被列入领导成员，只作为一般青年军人加入组织。

当然，青年军人联合会里也有顾浚的老乡曾扩情这样立场比较中立的分子，更有贺衷寒那样的国民党员。

第十三章 参加东征

1925年2月3日,黄埔军校校部东征队由黄埔长洲岛乘福安舰出发。

教导团所在的右路军迅速东进,顺利占领了东莞、石龙、平湖、深圳等地,很快肃清了广九铁路。

何应钦率领教导一团,王柏龄率领教导二团,向淡水城急速开进。

2月13日,校本部来到淡水城南门外的玉虚宫,蒋介石下达了进攻淡水城的命令。

东征军兵分三路围攻淡水:教

导团第一团、第二团攻淡水南面；张民达的粤军第二师（叶剑英任参谋长）攻淡水西北面；许济的独立第七旅攻淡水东北面。

淡水镇地处广东沿海，历史悠久，是靠香港和深圳最近的城镇之一，是著名的侨乡，是历史悠久的古老集镇。相传在宋朝末年的时候，这里是个小墟场，名为"上墟"，后改名"锅笃镇"。明朝的时候，为了警卫海疆，设置淡水卫城，用于保护大亚湾沿海区域。随着经济的发展，人口的增长，加上水运及陆路交通的便利，到了清朝乾隆初期，这里已经成为较大的集镇，改为淡水墟，并设有"司署"等行政管理机构。鸦片战争后，这里又成为惠阳和香港贸易进出口的地方，商业贸易发展较快，并形成了"大鱼街""猪行街""灯笼街"和"米街"等商品交易专业街道。

淡水城，四周筑有高6米、厚3米多的土质城墙，城墙上设有上中下3层射击孔，形成立体射击火力网。城墙下是一道又宽又深的城壕，再外面，全是两三百米宽的洼地和开阔地。稍远处，有几座不大的小山包，地势险恶，易守难攻。城内守军除熊略第五军所属1000余人外，尚有被黄埔军校军队打击下，刚刚从平山圩、大钯坳等方向退至城内的敌军翁腾辉、林烈、孟献祥所部残余共4000余人。更兼淡水离惠州仅70余里，淡水城内驻有陈炯明的守军三千多人。而此时，陈炯明的第二支部队正向这个方向赶来。据最新敌情通报，14日上午，陈军副总指挥洪兆麟已急遣所部2000余人自惠州赴援淡水。情况明摆着，校军必须在援敌到达之前，攻进淡水。否则胜负难以预料。

何应钦下令教导团立刻攻城。初出茅庐的黄埔军校生第一次作战就在淡水城外打响了。

这是顾浚真正意义上的第一次带兵参加战斗。

顾浚高声吟诵着李清照的诗句："生当作人杰，死亦为鬼雄！"

顾浚把手一挥，率领学生们冲向前方。

淡水城小而坚固，城墙用石块砌成，淡水城的城墙厚达一米，高四至六米，城墙上设有炮塔，火力点有三层。上下两层设置枪眼，为防御夜袭，城墙高处装置有照明设备。城墙外是300米的开阔地，易守难攻。城外东侧的山中驻有敌人，与城内敌军遥相呼应。

经过两小时的激战，东征军占领了城外阵地，敌军除城东黄皮径南面有一部分兵力外，其余全部退入城内坚守待援。

战斗中获悉，陈部洪兆麟和叶举分别从惠州、平山调集约7000兵力驰援。淡水距惠州仅70华里，一日即可到达。为避免腹背受敌，必须在敌人援军到来之前拿下淡水城！

东征军趁势攻城。

城墙上喷出火舌，子弹不断地从顾浚的耳边、身边飞过去，他毫不畏惧。在他的身边也不断地有他的同学和学生栽倒后没有跟上来。

顾浚顾不了这些，只有一个念头，冲进城去！

机枪哒哒声，大炮轰轰声，震耳欲聋，有的学生瞬间血肉横飞了。无数的死亡就在眼前，让顾浚此时第一次感觉到了战争的残酷和瞬间的一丝恐惧。

顾浚感觉到平时在军校学习的那些东西在现实的战场上已经变了样，于是，他不再犹豫，而是按照他学习拳术时那样，随着地势的变化而改变自己的进攻方法和路线，很快冲到了城墙下。

人在城墙下面，却找不到登城墙的梯子。找到了梯子，却够不到城墙上面。

有些攻城的学生在城墙下面，忙着寻找受伤的同学，呼喊着抢救伤员。

这时，一位苏联顾问从指挥所冲进阵地，朝着学生们大声喊话，希望能告诉学生们正确的作战战术……

一次次的无效进攻，让时间拖至夜晚。

火车的车厢内是临时指挥部，一个更让人吃惊的消息传来，原定同步发起攻击的滇军和桂军都按兵未动，学生军成了孤军深入！

滇军和桂军的消极观战，使东征右路军面临更大的压力。

从14日上午到下午6时，教导第一团和第二团从淡水城南三个方向对城内发起了一次次猛烈进攻,无奈官兵们的枪弹均被那又高又厚的土城墙挡住,数量本就不多的山炮弹,也无法对城墙造成根本性破坏。每次进攻,都被敌军密集的火力压了回来,怎么也无法攻进去。眼见天色将黑,蒋介石不得不命令部队暂时停止进攻。

当晚,蒋介石经与周恩来、钱大钧、苏俄顾问加伦对淡水敌情、部队攻城受阻情况进行研究,对次日部队的攻城战斗重新进行了部署,决定挑选200名奋勇队员,要不惜一切代价,在15日上午攻下淡水。这是联军东征途中遇到的第一块硬骨头,也是校军东征以来接触的第一场大的战斗。每一个人心里都清楚,驻扎在离校军不远的粤军在看着他们,联军左路、中路,表面上应付国民政府率军东征,实质上各怀鬼胎的滇军杨希闵、桂军刘震寰在看着他们,孙大元帅在北方也正时刻等待着他们的胜利消息。需要速战速决,攻克淡水。校军需要这场战斗的胜利证实自己。

深夜,淡水城外的教导团阵地。血腥混合着硝烟,弥散不去,那种出征前的慷慨誓言,行军途中的欢歌笑语,在此时已经化为了死一般的沉寂。

次日,东征军组织了110名由士兵和军官组成的奋勇队,顾浚加入了奋勇队。

奋勇队由一期生蔡光举担任队长。在作为奋勇队队长冲锋的前夜,他还给同学写了两封短信,他在信中这样写道:"赋征以来连两星周,他无所苦,惟以不见敌人,发弹无的为恨!……春风泛泛桃李花,确切可爱,恨未与君共赏也。"

15日早上6时,黄埔校军和粤军互相配合,发动总攻。奋勇队冲锋在前,遭到敌人疯狂阻击。

奋勇队员刘畴西(共产党员)在战斗中左臂中弹折断,仍坚持不下火线。

在火力配合下,第一团第一营营长沈应时身先士卒,率领奋勇队直趋城脚,在距城16米处负伤倒地。

冲锋发起不久，蔡光举带头冲在前面，在冲至距城墙 100 米处，不幸中弹，但仍坚持前进。

顾浚见蔡光举受伤不下火线，便猛地跃出战壕，向城脚冲去。

奋勇队群起响应，数十人冲至城脚，内有教官刘尧宸，团党代表缪斌，团副官王俊等。

蔡光举冲至城墙根 50 米处，又中数弹。蒋介石看到这一幕，命令蒋先云去抢救。

蔡光举对蒋先云说："赶快给我医治，我还要杀敌人。"

蒋先云战后在日记中写道："打淡水城时，同学身先士卒，爬城先登，不知什么是死，同学李青头部负伤了，用自己毛巾裹着血头仍奋勇登城；同学蔡光举，中弹穿腹，抢救时，他还高喊：逆贼正待我们痛杀！"

在校军炮兵猛烈炮火的压制掩护下，奋勇队得以继续前进，接近城墙。

此时，城内敌兵，向城外猛烈射击。

周恩来与各级党代表亲临阵地鼓励学生军奋勇战斗。

最后，奋勇队从被炮火炸毁的东南城墙一缺口处爬进城。顾浚和几名学生登上城，将军旗高高插上城头。

顾浚带头高喊：党军登城了！党军登城了！

经过奋勇队奋不顾身的猛攻，教导团第一团各路即先从城东南冲入城内。

接着，教导第二团也在西北门全线出击，不久即攻进西门。

随后，东征军各路人马纷纷入城，俘虏敌军 1000 余人，缴获步枪 1000 余支，机关枪 10 余挺，子弹数万余发。攻城中，教导团官兵 10 人阵亡，40 余人受伤。

黄昏时分，从惠州赶来的敌人援兵抢占了东门外的高地，向驻守在那里的粤军第七旅进攻，战斗十分激烈。敌人一面攻击东门，一面派兵进攻左翼粤军第二师的阵地，企图从侧背进行反包围，夺回阵地。粤军第二师师长张民达亲自率领两个营向敌人发起冲锋，致使敌人败退了10余公里。但东门的第七旅在打光了子弹后，撤离阵地，退入了城内，敌人兵临城下。强敌压境，第二团团长王柏龄仓皇逃跑，东门危急。

在周恩来的建议下，蒋介石枪决了临阵逃脱的孙良，稳定了军心。同时，命令张民达的粤军第二师坚守阵地，第一团重新部署，由何应钦率领第一、二营排成密集队形急速前进，直扑东门。

教导第一团到达东门，敌军见状惊恐万分，纷纷退却。夜幕降临，教导团趁着月色突然袭击，最终击溃了敌人。

16日晨，敌又纠集兵力攻打淡水东门。张民达和叶剑英率部在友军配合下发起反击，迫使敌人向平山一带退却。革命军乘胜追击，大获全胜。东征军3小时攻克淡水城。

东征军攻克淡水时，孙中山正卧病北京。接到东征军克复淡水的捷报，他甚为欣慰，即命人复电嘉勉。

面对战斗洗礼，面对鲜血和死亡，顾浚第一次感觉到了战友和同学为了自己的信仰，付出了生命的代价。蔡光举由于子弹击穿了心脏，于次日牺牲了，时年21岁，成为黄埔军校牺牲第一人。

攻克淡水城之后，黄埔军校学生军继续挥师东进，一路势如破竹，直达汕头市。

周恩来在东征的过程中，充分发挥政治工作的作用，为黄埔军校学生军规定了严明的纪律。做到不拉夫，不筹饷，不强占民房，不用军用券，命令全军执行。每到一处，立即贴出安民告示，安抚百姓。校军在驻地，大多召开军民联欢会，与百姓同乐。

周恩来还把宣传队派到群众中去进行宣传，说明革命军就是为人民解决困苦而来的。

老百姓看到校军与过去的旧军队不一样，就非常拥护校军。百姓纷纷主动来帮助校军搞运输，做向导。

陈炯明的"救粤军"望风而逃，广东革命政府的东征似乎胜利在望。

然而，就在此时，早有野心的滇军和桂军，不但没按原定计划进攻，反而退回了广州，致使陈炯明的前敌总指挥林虎有了喘息的机会，集结主力两万多人，从背后向学生军包抄过来。

教导团一下子陷入孤悬在外的险境。棉湖，是粤东一个古老的小镇。

学生军来到这里将指挥所设在兴道书院。

1925年3月13日，陈炯明的林虎部队已先到棉湖西面和顺一带，占据有利地形，且兵力强于东征军十倍以上。

早晨，东征军兵分两路，由蒋介石、何应钦率领教导一团1000多人在大功山正面迎战林虎。教导二团在团长钱大钧的带领下绕道去寻找林虎的侧翼。

上午8时，战斗在大功山打响。

教导一团1000多人向林虎的两万多人发起冲锋。还未等学生军靠近山脚，林虎也向军队下达了反攻的命令。

林虎的部队按捺不住，从高地上往下冲，与军校队伍搅在一起。狭路相逢，勇者胜。黄埔军校的学生军经过严格的训练，加上士气高昂，勇战林虎的部队，以少胜多。

林虎在上午10时，又调动大批兵力向教导团指挥部进攻。

教导团只好将进攻改为防守。一营营长顾祝同、二营营长蒋鼎文率领士兵死守阵地。一营的九位排长中有六位先后阵亡。

下午，有一处阵地被敌人突破，阵线几乎崩溃，敌军冲到团部指挥所附近，大喊："活捉蒋介石和苏俄顾问。"

团指挥所的苏俄顾问束手无策，极感忧虑。

蒋介石更是急得像热锅上的蚂蚁，在指挥所里反剪着双手，急速地踱来踱去，嘴里面不停地叨唠着："娘希匹，林虎这杂种，想置我于死地！想置我于死地！"

正好这一天，党代表廖仲恺带人劳军，见战争打得艰难。他头戴斗笠，脚穿芒鞋，气度从容地出现在阵地上。这一下，给苦战中的学生军以很大鼓舞。

黄埔军校政治部主任周恩来在棉湖作战时，亲临战场第一线参与策划与指挥。

何应钦见党代表都上来了，便手持机关枪带领卫队与敌英勇作战。

这时，陈诚指挥炮兵向冲进指挥所阵地的敌军连开三炮。

11时，林虎集中更多的优势兵力进攻教导一团。战事的残酷不断升级，教导一团面临着巨大的压力。380人的第三营还剩下111人，黄埔教官、第三营党代表、共产党员章琰，一期生副营长杨厚卿，连长胡士勋、余海滨等人，相继阵亡。

下午4时，教导一团几乎损失殆尽。

千钧一发之际，教导二团在刘尧宸的带领下，突然出现在林虎指挥所的后方。

林虎的部队大惊失色，顿时乱了阵脚，顷刻全线崩溃，向五华、兴宁退去。

棉湖战役是黄埔建军有史以来第一次意义重大的决战，是有关国家命运的大决战，是决定辛亥革命能否突破军阀割据局面继续前进的关键性一战，它奠定了当时民主主义革命胜利的基础，由此而有北伐战争乃至中华民国的持续历史。

棉湖之战后，大家才知道，3月12日上午9时30分，孙中山在北京逝世。为了不影响士气，这个消息被压下来没有发布。

在东征回师广州的路上，顾浚和黄埔军校的同学们得知消息。

顾浚看着一份用蓝色印的小报，心情十分沉痛，他又想起孙中山的多次演讲，想到随孙中山在韶关的那些日子，流下了泪。

晚上，顾浚睡不着，他暗自叹息："大元帅死了，今后革命会怎么办呢？"

顾浚的耳边一直回想着孙中山的一句话："一生一世，都不存升官发财的心理，只知道做救国救民的事业。"

"对,一生一世,都不存升官发财的念头,只为救国救民的事业。这是至理名言啊!"

此后,顾浚便用孙中山的那句名言,勉励自己,告诫同事和学生。

黄埔军校的教育,黄埔军校的革命精神,对顾浚来说是宝贵的。

这时的顾浚是真心实意拥护三民主义的,他愿意继承孙中山先生的遗志,为实现三民主义奋斗。

然而,令顾浚没有想到的是,此时的三民主义正在逐渐成为国民党反动派骗人的一个口号。

第十四章
与"孙文主义学会"的斗争

1925年4月24日,时任黄埔军校教授部主任王柏龄召集了贺衷寒、冷欣、潘佑强等国民党右派学生,打着研究孙文主义的旗号,组建起一个"中山主义学会"的团体,专门与青军会唱对台戏,声言要同研究马克思列宁主义的人"划上一条鸿沟,尔为尔,我为我"。

"中山主义学会"便是"孙文主义学会"的前身。以贺衷寒为代表的青年军人联合会内部的国民党右派学生渐渐站到了青年军人联合会的对立面上。一些国民党重要人士认定,这是共产党人"把持了党部的一部分,紧握新闻舆论"而造成的政治气氛和活跃局面,担忧这样"左"下去,"不必一二年,共产党就可以偷天换日,替代国民党了"。于是他们决定采取针锋相对的有组织的行动。

此时的蒋介石担心青军会过分赤化,如果不对青军会加以限制,中共在军校的势力将会越来越大。廖仲恺支持孙文主义学会,且愿为其后盾,是因为他毕竟是国民党元老,他认为研究本党领袖的理论,是符合国民党利益的。

"青年军人联合会"成立后,工作开展得很有成效,在不到一年的时间里,其组织已遍布广东各军,会员达 20000 人。而孙文主义学会则以国民党员为骨干,纠合了一批国民党右派学生,全力发展会员,成立不久也号称拥有了 5000 多会员,而且还把发展方向延伸到全国各地。青军会把黄埔军校教职员中的国民党左派和共产党人如金佛庄、郭俊、茅延桢、鲁易等人发展成为会员。孙文主义学会便也把教职员中的国民党右派如何应钦、林振雄、缪斌、王文翰、张叔同、徐桴等人,以及虎门要塞司令陈肇英,海军将领陈策、欧阳格,广州市公安局长吴铁城等人发展成会员。

青年军人联合会下属有一个文艺团体叫血花剧社,由共产党员李之龙发起组建,陈赓等人是剧社的活跃分子。为了与青年军人联合会相对抗,贺衷寒等人也组建了一个剧团,取名叫"白花剧社"。

青年军人联合会筹办了《青年军人》和《中国军人》两份杂志,孙文主义学会也创刊了《国民革命》和《革命导报》。青年军人联合会又筹办了《兵友必读》和《三月刊》,孙文主义学会不甘示弱,同样创刊了《革命青年》和《独立旬刊》。周逸群常为这些刊物撰写文章,产生了深刻的影响。不仅办刊如此,开会也一样针锋相对。你开一次大会,扩大影响,搞宣传,我也必开一次大会,而且会场比你的规模还要大,声势造得比你的还要威武雄壮。你到我的大会上发表反演说,我也去你的会场揭穿你的阴谋。你骂我一句,我必还你三句,你翻我两次白眼,我瞪还你四眼。你说不赢,动手打了我一拳;我不服气,必踢回你两脚。 就这样，因为信仰不同而产生的斗争和冲突，两派人员你来我往地明争暗斗非常激烈，双方从黄埔打到广州，又从广州打到东江，再从广东打到武汉，直至最终分道扬镳，走上不同的人生道路。

顾浚积极支持青年军人联合会，十分鄙视孙文主义学会成员的生活作风。

11月21日，在肇庆的"阅江楼"正式成立"革命军第四军独立团"，全团2100多人，共产党员叶挺担任团长。 参谋长周士第、营长曹渊、连长卢德铭、胡焕文、吴兆生等都是黄埔军校毕业生。 周恩来等人参加了成立仪式。 军人们在叶挺的带领下进行了庄严的宣誓：用鲜血和生命，书写革命军人的骄傲。

看到共产党队伍在壮大，教育部主任王柏龄建议蒋介石先下手为强。 蒋介石也实在不愿意看到国民政府共产党化。

1926年3月18日晚，时任黄埔军校校长的蒋介石指使亲信，以军校驻省办事处的名义，到中山舰舰长（代理海军局局长）李之龙家中传达命令，声称奉校长命令，要海军局速派得力兵舰二艘开赴黄埔。其实，这是蒋介石精心设计的第一步，即制造假命令将中山舰调出广州，以便为其罗织罪名埋下伏线。

李之龙接令后，随即通知中山、宝璧舰于1926年3月19日晨开往黄埔，向军校教育长邓演达请示任务。 邓演达却回答：不知道有什么任务。 李之龙接到的命令是以邓演达的电话为名转达的，此实为蒋介石等人玩的一箭双雕之计。 正巧这时，苏联顾问想要考察中山舰，海军统领李之龙不得已只好打电话请示蒋介石。 怎料蒋介石反口，声称自己没有调度中山舰，甚至批评了李之龙。 李之龙听得一头雾水，但还是下令将中山舰调回了广州。

于是，蒋介石和属于右派的孙文主义学会分子开始放出谣言："共产党要暴动""李之龙要造反""共产派谋倒蒋、推翻国民政府，建立工农政府"等。

3月20日凌晨，蒋介石秘令逮捕李之龙，解除中山舰武装，并派兵包围省港罢工委员会、苏联顾问团和共产党人的住宅,以及全市共产党机关,还扣押了军内国民党左派党代表和政治工作人员40多人,严密监视邓演达。蒋介石先派兵控制住了苏联驻中国的代表顾问,然后又将李之龙关押起来进行审讯,他还将外出工作的周恩来等人软禁在了造币厂内。此刻在造币厂的周恩来十分愤怒,他命令关押他的长官给蒋介石打电话,并质问蒋介石的动机。蒋介石狡辩称他只是例行公事,等调查结束后,他便会放了大家。可周恩来根本不信,蒋介石无奈之下只好让人将周恩来送来与他见面。

通过这件事,周恩来看出了蒋介石的野心,他提出要将此事汇报给共产国际组织,请求上级领导对蒋介石的行为进行裁决。蒋介石和张静江商量下一步的计划,张静江提议让蒋介石借此机会剔除共产党在第一军的残余力量。当广州市内一切布置妥当后,蒋介石电令驻扎潮汕的第一军,将全军党代表撤销并驱逐,以周恩来为代表的全体共产党员退出该军。

顾浚的共产党员身份并没有完全公开,他找到蒋先云。

蒋先云说:"不怕,我们是带兵的,我也是共产党员,看他能把我怎么样,大不了不跟他干了。"

顾浚说:"校长这样做法,完全背叛了孙先生的联俄、联共、扶助农工三大政策,这是在和国民党右派势力分裂国共合作。"

蒋先云说:"他这是想夺权,这只是个信号。中央已经派人来处理这事了。"

中共中央派来的这个人是张国焘,在与蒋介石的谈判中,张国焘几乎答应了蒋介石所有的要求。而蒋介石为了麻痹共产党,故意惩戒了这次动乱的国民党干部欧阳格,以示诚意。

1925年12月1日,毛泽东在中国国民革命军第二军司令部主办的《革命》半月刊第4期上发表了《中国社会各阶级的分析》。

顾浚反复品读着毛泽东的文章,感觉字字铿锵有力:谁是我们的敌人?谁是我们的朋友?分不清敌人与朋友,必不是个革命分子。

要分清敌人与朋友，却并不容易。中国革命三十年而成效甚小，并不是目的错，完全是策略错。所谓策略错，就是不能团结真正的朋友，以攻击真正的敌人。所以不能如此，乃是未分清谁是敌人谁是朋友。革命党是群众的向导，在军队中，未有他的向导领错了路而可以打胜仗的；在革命运动中，未有革命党领错了路而这个革命可以不失败的。我们都是革命党，都是给群众领路的人，都是群众的向导。但我们不可不自己问一问：我们有这个本领没有。要有"不领错路"和"一定成功"的把握，不可不致谨于一个重要的策略，就是团结我们真正的朋友，以攻击我们真正的敌人。要决定这个策略，就要首先分清楚谁是敌人谁是朋友……我们现在可以答复了。一切勾结帝国主义的军阀官僚买办阶级大地主反动派知识阶级即所谓中国大资产阶级，乃是我们的敌人，乃是我们真正的敌人；一切小资产阶级半无产阶级无产阶级乃是我们的朋友，乃是我们真正的朋友。那动摇不定的中产阶级，其右翼应该把他当作我们的敌人——现时非敌人也去敌人不远；其左翼可以把他当作我们的朋友——但不是真正的朋友，我们要时时提防他，不要让他乱了我们的阵线。我们真正的朋友有多少？有三万万九千五百万。我们真正的敌人有多少？有一百万。那可友可敌的中间派有多少？有四百万。让这四百万算作敌人，也不枉他们有一个五百万人的团体，依然抵不住三万万九千五百万人的这一铺唾沫……

顾浚陷入沉思：毛泽东的这篇文章开宗明义，针对当时党内部分人士视线混淆敌我不分的现状，历史性也前瞻性地道出了革命首要症结，那就是明确革命的对象。蒋介石的做法表明，他已经不是共产党可以联合的朋友了，当然，真正的共产党人也不可能把他当作朋友了。不是朋友，抑或是敌人？

由于校内的青年军人联合会与孙文主义学会两派斗争已愈演越烈，这让蒋介石甚为担忧。

1926年2月2日，蒋介石在黄埔军校召开中国青年军人联合会和孙文主义学会联席会议。出席会议的有：国民党中央代表汪精卫；中国青年军人联合会代表李之龙、周逸群等人；孙文主义学会的代表缪斌、潘佑强等人。会上做出决议四条："（一）中国青年军人联合会和孙文主义学会两方面干部互相加入；（二）两会在本党军校及党军，须受本校校长及党代表之指导；（三）团长以上高级长官（除党代表外）不得加入两会；（四）两会会员对此有不谅解，得请本校校长及党代表解决之。"同年3月20日，蒋介石制造"中山舰事件"，打击共产党人，进一步夺取军权，借口中国青年军人联合会和孙文主义学会两组织之间争斗有违"亲爱精诚"的校训，下令解散这两个组织。4月7日，蒋介石颁布了《取消党内小组织校令》，规定"自本命令发布之日起，除本校特别党部各级组织应由党部加强工作外，其余各种组织着即一律自行取消，此后并不得再有各种组织发生，如稍有违犯，一经查出，实行严肃究办，以维纪律"。4月21日，孙文主义学会发布自动解散宣言称"学会本以团结本党革命信徒始者，难免不将因谣诼而使革命者离散，因特本会自行取消，以杜绝造谣者之对象"。

1926年4月10日，中国青年军人联合会首先发出解散通电，21日，孙文主义学会也发出了自动解散宣言，于是，两个对立的组织就此解散了。

蒋介石下令取消两组织之后又以校长的名义在《广州民国日报》署发成立黄埔同学会第一号公布，委任以蒋先云名列第一，包括贾伯涛、曾扩情等九人为筹备委员。负责促成一个能团结两党师生的同学会。在同学会选举代表之日，据关巩《黄埔同学会成立经过》一文所述，"蒋（先云）同志本以欲赴前方为理由，自己声明不受选，而免了担任会中领导职务。但仍推选他为监察委员之一"。这反映了蒋先云实在是当年黄埔俊秀群中不可缺少的一员。自蒋先云受任为中共黄埔特别支部首任书记后，在共产党内始终受周恩来的直接领导，在军校和军队中从事促进团结，排解两派纠纷的工作。

1926年5月中旬，在广州中山大学体育场召开成立大会，蒋介石任黄埔同学会会长，秘书曾扩情，监察干事胡静安，组织科长杨引之，宣传科长余洒度，总务科长李默庵。

青年军人联合会和孙文主义学会两个组织宣布解散之后，蒋介石估计共产党决不会因青年军人联合会的解散而中止其暗中的组织活动。蒋介石认为只有建立一个自己直接控制下的统一组织，才能防止党的活动，因此，乃决定成立黄埔军校同学会。蒋介石令贾伯涛、李正韬、曾扩情、伍翔、余程万、杨麟、梁广烈、钟焕群、蒋先云等9人为黄埔同学会筹备委员组织筹委会，拟订黄埔同学会简章。黄埔同学会召开恳请会，会上正式宣布成立黄埔同学会，选出同学代表23人为本会职员，并通过了会章。蒋介石以会长的身份召集各代表开联席会议，他在会上说：今后应当"以同学会为中心"，同学会成立后"我们对于同学有组织、有统计、有调查、有训练，那就不会是非不分、赏罚不明，我们将来所有升降、调免，皆在系统"。在会上，曾扩情、杨引之、余洒度、李默庵、胡静安分别被蒋介石任命为秘书、组织科长、宣传科长、监察干事。他们之所以能得到蒋介石器重，都是因为反共，有的公开坚决反共，如杨引之；有的向蒋声明脱离共产党，效忠国民党，如曾扩情、李默庵。黄埔同学会的权力极大，凡属黄埔军校学生，均为当然会员。由同学会负责登记考核，其登记考核结果关系到毕业同学的任免、升迁、调补。无论毕业、未毕业学员，均须在同学会的监督指挥之下，效忠于国民党，奉行三民主义，绝对服从校长领导，不得有任何其他的组织活动，尤其是不准其从事宣传；如有违反，应受严厉的处分，或以叛逆论处。这表明黄埔同学会是一个由蒋介石控制的企图排斥党的派别组织，它不仅对所有黄埔同学有任用罢免之权，操有生杀予夺之权。黄埔同学会在实质上为蒋介石的军事独裁统治奠定了初步的基础。蒋介石自从成立黄埔同学会以后，他又在党部成立了一个"军人部"，自任部长，以同学会秘书兼军人部秘书，其主要职员如组织、宣传、总务各科科长，亦都由黄埔同学充任。凡军队中的党部组织和党代表的委派，都要通过军人部的提请，才能做出决定。这样,蒋介石通过黄埔同学会这个组织不仅加强了他对黄埔军校的控制,而且将手伸进了国民革命军各个军队系统。

顾浚面对眼前的局势,心中感到十分不安,他找到时任政治部副主任的共产党员熊雄诉说心中的郁结。熊雄是江西省宜丰县芳溪镇下屋村人。1907年考上当时比较闻名的瑞州(今高安)中学堂。时值清朝废科举、办新学,三年中学,熊雄努力吸收新思想、新知识,以优异的成绩毕业,考入南京优级师范学堂。1911年年初,熊雄回到省会南昌参加了李烈钧领导的为推翻清朝统治而组织的江西学生军,不久,武昌起义胜利,江西的革命军队乘势占领了南昌,李烈钧被任命为江西都督,学生军改编为学兵团,熊雄成为学兵团的中坚人物。1913年7月,李烈钧通电讨伐袁世凯,在湖口宣布独立。但起义仅一个多月就遭到失败。熊雄跟随李烈钧逃亡到日本,并参加了孙中山组建的中华革命党,从事民主革命活动。1916年,熊雄从日本回国,参加孙中山领导的护国护法战争。后留法勤工俭学,加入少共旅欧支部和中国共产党,并在德国和苏联留学,回国后在黄埔军校任教。1926年1月,熊雄调任黄埔军校政治部副主任,主持政治部工作,同时参加了中共广东区委军委,是中国共产党在军校的主要负责人。在黄埔军校期间,熊雄制定、建立和健全了一系列政治工作制度,并亲自讲授《军校中的政治工作》等课程。熊雄还聘请恽代英、萧楚女、高语罕等共产党人为政治教官,邀请毛泽东、刘少奇等同志到军校做政治讲演。

顾浚气愤地说道:"什么黄埔同学会?这分明是蒋校长为篡夺革命领导权而采取的手段!"

熊雄叹了口气说:"现在也没什么好的办法,青年会是取消了,可是孙文主义学会却要借尸还魂了。"

顾浚:"反正我不会把这位校长当朋友了。只是不知道周先生怎样的想法?"

熊雄:"周先生要我们首先顾全北伐大局,要静观其变,提防为主,切勿轻举妄动,防止他又找到什么借口!"

第十五章 花县事件

花县境域,汉朝属番禺管辖,隋朝属南海县管辖,宋以后分属番禺和南海县管辖。清康熙二十五年(1686年)取南海、番禺两县部分区域置县,因县城近花山,定名"花县",属广州府,太平天国起义领袖洪秀全就诞生在这里。民国初属广东粤海道。1920年直属广东省。1923年年初,阮啸仙到花县九湖、莲塘、元田等乡村进行农民运动的宣传发动工作。1924年年初,彭湃等来花县指导农民运动。1924年1月,仙阁村人陈道周以国民党中央农民部特派员身份回花县开展农民运动。陈道周在仙阁村育群小学任校长，在教员、学生中开展建团工作。3月，国民党中央执委第十五次会议决定成立农民运动委员会，择定花县为农民运动重点地区之一。王福三和共产党员陈道周等在彭湃、阮啸仙的指导下，积极从事农运工作。4月，王福三在九湖村率先成立村农民协会。随后，元田、宝珠岗、田螺湖及二区、三区各村纷纷成立农民协会。王福三领导会员与乡村反动势力做斗争，收回村里的公枪和公尝产业管理权，抗交各种苛捐杂税，紧接着在天和墟设立花县农民协会筹备处。10月19日，陈道周在九湖村主持花县农会成立大会，会员约6000人。会议通过了实行二五减租、取消各种不合理苛例以及组织农民自卫军等决议，并制订了"会员须知"作为全体会员的行动准则。花县农会的成立，标志着花县农民运动进入了一个新的时期。县农会成立后，各地会员纷纷起来打击反动势力，把地主豪绅所把持的"猪屎会"收归农会所有，取消"田信鸡""自卫谷""保长谷"等苛捐杂税，实行"二五减租"，深得广大农民拥护。但江耀中、刘寿朋等地主豪绅则组织"花县田主业权维持会"（人称"地主会"）与农民协会相对抗，并收罗土匪流氓组成武装民团，企图摧毁农民协会组织。以王福三为首的县农民协会，迅速建立农民自卫军，保护农民运动的开展。阮啸仙出席大会，王福三当选为县农会副执行委员长。会上通过实行"二五减租"及组织农民自卫军等决议。

10月，广州商团暴乱时，花县民团企图破坏新街段铁路，县农会制发传单加以揭发，并组织农军护路，使驻韶关的北伐军能及时回穗平叛。10月下旬，花县民团江锦棠等纠集四五百人突袭九湖村县农会。王福三在群众掩护下得脱，农会被捣毁。

1925年春，中国共产党花县支部在仙阁村成立，书记陈道周。花县农民运动的发展，使恶霸地主、劣绅坐立不安，他们成立"花县田主维持会"和民团总局，与农会对抗，并以花红悬赏，收买歹徒暗杀农会干部和会员骨干。1月17日，阮啸仙、何友逊、黄学增、陈道周等在元田村召集各乡农协会的骨干,研究布置自卫措施。1月18日上午,王福三和国民党中央农民部特派员黄学增、何友逊带领几十名农军在九湖乡执行任务。花县民团总局局长江侠庵指挥民团包围县农会,开枪射杀农会干部及会员,制造流血事件。江耀中、刘寿朋等唆使凶手纠集民团100多人,把陈道周、王福三等包围在九湖乡庙坳处。陈道周、王福三及国民党中央农民部特派员黄学增等人四面受敌,大家商议:黄学增、陈道周率领农军向元田撤退,王福三带领10余名农军殿后掩护。匪徒们仗着人多势众,越打越凶,当农军退至九湖灰砂山边时,国民党中央农民部特派员黄学增和花县农会王福三在公干途中遭民团伏击。王福三一枪打中匪首江锦棠的左耳,敌人为之丧胆。但敌人人多,不久又合围过来,那时,他听到元田农军前来救援的枪声,知道领导机关已经转移,就下达了最后一道命令:"迅速掩护黄学增同志撤退,我来掩护,不要理我!"王福三单枪匹马吸引敌人,掩护撤退的同志。当王福三且战且退至九湖横枝沥的灰砂山边时,他不幸中弹受伤,手枪又"争了珠",这时一群豺狼似的匪徒冲了过来,他伤重无力还击,但还有一张嘴,就不停嘴地痛骂敌人。几个匪徒用石块向他的头部猛击,割去他的左耳,斩断他的左手,王福三遍体鳞伤鲜血淋漓,壮烈牺牲。

花县民团勾结土匪洗劫农村,强奸妇女,杀害农民及农会会员,酿成"花县惨案"。花县农民运动暂时遭到挫折。在困难面前,陈道周团结广大农民坚持斗争。敌人攻入元田村后,到处搜捕陈道周、黄学增等农运特派员及农会干部,放火烧毁房屋,之后又向鱼苟庄进攻。陈道周和黄学增一起指挥农军狠狠地回击匪徒的进攻,击毙匪徒两名,迫使民团撤兵。2月中旬,民团张九指挥团匪再次进攻县农会,陈道周等指挥农军与敌人激战三小时,击毙敌人一名,击伤数人,迫使张九带队狼狈逃离。

国民党中央农民部部长廖仲恺和彭湃把王福三烈士的遗属接到农民运动讲习所,并把他的妹妹王旺兴安排到该所进行第四期学习,培养她继承兄长遗志。接着,国民党中央农民部及省政府派人到花县,责成花县民团赔偿白银2000元,为王福三烈士的安家费,并交还缴去的驳壳手枪一支,同时做好善后工作。但杀害烈士的凶手,仍逍遥法外。

廖仲恺和彭湃、阮啸仙等亲自处理王福三被害事件,阮啸仙等和花县农协会的同志,分析了当时的形势,认为王福三烈士被害的事件,并不是孤立的局部的问题,而是国民党中央内部的极右势力,乘孙中山北上的机会,反对他所制订的"联俄、联共、扶助农工"的三大政策,指使爪牙破坏工农运动,所以除部署花县农军实行武装自卫外,立即回广州向国民党左派任中央党部农民部长的廖仲恺反映情况。

在敌人的疯狂进攻面前,陈道周表现出一个共产党员的无私无畏,他继续深入乡村为农民办事,开办农民识字班和农民宣传学校,启发农民的阶级觉悟,引导他们勇敢地起来与地主劣绅进行斗争。陈道周教育大家说:"敌人企图以谣言混淆人们的视听,搅乱我们的阵线,但决不能动摇我们的意志。"当地主扬言要杀死他时,他说:"反动地主不是仇视我本人,而是仇视广大农民组织起来。你们不要怕,只要大家坚持斗争,胜利一定是属于我们的。再说,陈道周是杀不尽的,杀了我一个陈道周,还有千万个陈道周站起来!"

花县惨案发生后,陈道周与黄学增等奔走于广州与花县之间,通过国民党中央农民部和中共广东区委农民运动委员会、省农会等有关部门,向社会披露花县惨案的真相,表达农民群众要求惩办民团匪徒、缉拿杀人凶手的强烈愿望。

8月16日,顾浚组织了黄埔军军官学校学生旅行团到达花县,他让大家分头了解花县惨案的真相。18日,组织了10多个团体共2000多人参加农工兵联大会。会上,顾浚带头表态声援当地农民运动。

顾浚发表演说:"花县惨案对花县人民造成了如此伤害,这事必须有个说法!花县的农民运动是政府认可的,我们军校领导也是支持的。可是，现在民团竟然指使象山民团头子江锦棠、李溪民团头子张九集结各地团匪侵扰各乡农会，在一周的时间里，民团竟然扫荡了多处村庄，烧杀抢掠，无恶不作，打死打伤农民、农军100多人。是可忍孰不可忍！我们作为军人，不能坐视不管，要声援当地的农民运动！"

"对，要声援农民运动！"

"要保护农民的利益！"

喊声四起。

是日，国民党中央党部特派韦启瑞也来到花县办理"王福三被害案"。

国民党改组后，廖仲恺花了很大气力去领导工农运动。在他主持或参与下，制定了《农民协会和农民自卫军组织法》，颁布了《工会组织条例》。这些法令和条例是中国历史上最早一批保护农民协会、提倡农民自卫的政府法规，也是最早一批承认工人有组织工会以及言论、出版和罢工自由的政府法令。为解决罢工工人的生计问题，廖仲恺下令关闭广州的烟馆与赌馆作为罢工工人的宿舍之用，并拨出专款作为罢工工人的生活费，解决了回到广州的近十万罢工工人的食宿问题。当时他领导的国民党财政部经费虽十分困难，但仍每月拿出一万元充作罢工活动经费。

就在廖仲恺风风火火前行的时候，一场有预谋的杀戮正在等着他。

1925年8月20日上午9时许，宽阔的羊城大道上，一辆汽车正朝着坐落在惠州会馆的国民党中央党部急驶。车内坐的是国民党中央常务委员、工人部长、黄埔军校党代表兼广州国民政府财政部部长廖仲恺和国民党中央妇女部部长何香凝。这对革命夫妻是去中央党部参加中央常务会议的。途中遇见汽车抛锚的国民党中央监察委员陈秋霖，陈秋霖应邀与廖仲恺夫妇同车前往惠州会馆。

9点50分，汽车驶到了中央党部门口，廖仲恺、陈秋霖、何香凝及卫士们先后下了车,向大门走去。 何香凝见到一位女同志,止步对那人说:"停二十分钟我就到妇女部,我有事情和你商量,请等着我。"

这时候走在最前面的廖仲恺已登上了第三个台阶,突然,从中央党部大门前骑楼底下的石柱子后面,冲出来七八个凶徒,举枪对着廖仲恺等人猛烈射击。 廖仲恺连中四枪,倒在台阶上;陈秋霖和一个卫士也中弹倒在血泊中。

8月21日,长洲岛因廖仲恺在广州遇害,宣布戒严,第三期学生奉命沿海岸警戒,第二期学生为全岛总预备队。 军校举行第二期学生毕业试验。

廖仲恺在国民党中央党部门口遇刺,广州各界掀起了巨大的震动。 国民政府立即进行人事调整,由汪精卫、许崇智、蒋介石组织特别委员会,主持政治、军事、警察等事务。

8月31日,军校举行追悼校党代表廖仲恺大会。 何香凝携子女参加。

9月1日,广州举行了廖仲恺的盛大丧礼,军校师生赴国民党中央党部,公祭校党代表廖仲恺,并护送灵柩到沙河驷马岗安葬。 送葬队伍长达10多里,广州黄埔军校师生、工人、农民、市民群众等二十多万人参加了葬礼。 何香凝痛赋悼诗:"哀思唯奋酬君愿,报国何时尽此心。"

顾浚和同学们纷纷表示:要继承廖仲恺遗志,投入到报国事业中去。

在社会各界的压力下,花县民团被迫和农会达成协议,同意农会恢复活动。

9月3日,陈道周主持花县农民代表大会,会议通过援助省港罢工、追悼廖仲恺、公葬王福三等议案。 彭湃代表省农会做政治状况及工作计划报告,给了到会代表极大鼓舞。 千余农民上街游行,高呼:"打倒军阀! 打倒一切反动势力!"

王福三牺牲后,侯立池被党组织指定接替王福三的工作。

陈道周面对汹涌澎湃的革命洪流,感慨良多,他激动地对刚上任的县农会执行委员长侯立池说:"从今天开始,我们又要进行新的战斗了。"

9月26日,县农会在花城召开第二次代表大会,选侯立池为县农会委员长。会后到九湖村举行公葬王福三大会,由省农会代表阮啸仙主祭后,抬柩巡行至花城纱帽岭安葬。

顾浚在一段时间里,一直都在阅读一个刊物上刊登的农民运动信息。这个刊物就是1926年1月26日广东省农民代表大会在广州创办的《犁头》。《犁头》刊物,通过给农民协会提供政策信息、规章制度、工农大联合、自卫军建设、农会工作方法、武装斗争、革命理论,以及对农民运动的具体指导等,对当时的农民运动蓬勃发展起到了很好的指导作用。《犁头》第4期辟为广东农民协会"扩大会议专号",专门刊登广东农民协会全体执行委员会,以及各界农协办事处代表、各农民运动特派员扩大会议宣言、政治报告决议案、海陆丰办事处决议案等。

为了揭发右派的破坏阴谋,揭露地主豪绅的罪恶本质及滔天罪行,《犁头》在第17、18期合刊的"花县惨案专号"上,重点刊载了彭湃的长篇调查报告《花县团匪惨杀农民的经过》,揭露和控诉地主勾结团匪残害农民、政府官吏包庇团匪的罪恶。调查报告中提到:"唯有我们真正的革命分子站定革命的一边,去消灭一切的反革命势力,尤其是国民政府更应把里面的贪官污吏加以肃清,镇压农村反革命势力,那么国民革命的前提,才有些希望。"文中以插图的方式,刊出半版大小的两幅漫画。第一幅是一个穿长衫、戴眼镜和黑帽的贪官污吏,一手搂着女人,一手把银圆放在女人手中,并配以文字:"劣绅土豪摧残农会的方式:运动贪官污吏。"第二幅是一个凶神恶煞的土匪,身穿黑衣,前胸腰带上斜插一把尖刀,一手提着三颗血淋淋的人头,一手接着一大袋酬劳金,并用文字说明:"劣绅土豪摧残农会的方式:

用金钱收买土匪屠杀农民。"

《犁头》除控诉贪官污吏、揭露地主阶级的罪恶之外,还将斗争矛头直指国民政府中的贪官污吏,控诉他们贪赃枉法、勾结地主和包庇民团等罪行。《犁头》第19、20期合刊中有一幅漫画:在农工厅的门口,一个清洁工手拿扫帚,看着两个贪官肩扛手提着财物远去,身后留下一串肮脏的脚印。画面配有文字:"快快把厅里的污迹打扫吧。"另有一幅题为《呜呼四郊的农民》的大幅漫画,特别引人注目。画面上是一个穿长衫的官吏跷着二郎腿坐在椅子上,双手用布条蒙住双眼,对雪片似飞来的"请愿""急告"无动于衷,而他的脚下则是一群标有民团、土匪、逆党字样的豺狼虎豹在大肆残害农民,地面上留下一大片骷髅,让人触目惊心。

顾浚手捧着《犁头》,两眼湿润,再翻看着一张张学生旅行团在花县的调查材料,他坐不住了。

紧接着,黄埔军校第四期学生里揭发队上长官虐待学生和贪污不法的事情不断发生,特别是针对第六十团团长李杲,他驻在中山县有压迫农民和工人的事情等,人们纷纷责备黄埔同学会坐视不理。

有人对顾浚说,四川老乡曾扩情也许能说上话。此时的曾扩情的确是青云直上,1926年1月,出席国民党二大。任第二十师政治部主任,黄埔军校政治部秘书,还是黄埔同学会筹备委员、秘书兼总务,国民党中央军人部秘书。

于是,顾浚拿着材料去找留在广州的黄埔同学会,要为花县农会讨个说法。

曾扩情问顾浚:"你知道李杲大哥是什么人吗?"

顾浚自然知道李杲的来历。李杲,原名李岳阳,四川安岳人。早年毕业于四川蚕桑学校,后来考入四川陆军速成学堂,陆军大学特别班第二期毕业。曾任四川陆军熊克武部第二师排长、连长、营长,1918年升任第五混成旅上校团长。1924年春,由谢持保荐投考黄埔军校。同年5月入黄埔军校第一期学习。他在胡宗南、曾扩情、韩浚

4人中年龄最大,同学们都喊他"老大哥"。

顾浚说道:"他不就是一些人的老大哥吗?"

曾扩情冷笑道:"毕竟人家是老江湖了,我这个二十师政治部主任算什么? 这一职,对我来说,本不是一个革命理想,而是一份养家糊口的津贴。 与其做一个革命的愤青,远不如做一个能养家糊口的丈夫重要。"

顾浚见曾扩情推辞,还想说什么,不料曾扩情却突然给了他一个白眼:"你一个小小的连排级,我劝你别多管闲事!"

顾浚突然明白了,是啊,此时的黄埔同学会完全被蒋介石控制,谁会理会顾浚这样一个低级军官的说辞? 他不再说什么,愤然而去。

顾浚离开后只好召集一部分军官中的党员同学和未毕业的第四期党员同学发泄心中的愤懑情绪。

大家七嘴八舌,有的说:旧的军阀还没打完,现在我们的队伍里又有了一些新的军阀人物,怎么得了?

有的说:什么狗屁老大哥? 不做人事,算什么老大哥! 生活腐败,军纪废弛,屠杀农民协会干部和会员,这与反动军阀有什么两样!

有的说:这曾扩情也是同流合污!

有的说:黄埔同学会里连曾扩情都不理会,可惜蒋先云又不在,一时也说不上话。

有的说:既然同学会不管这事,那就只有向蒋校长汇报此事,看他怎么办。

有的说:他总不能老是拿共产党人开刀吧?

有的说:我们共产党员要勇于斗争!

有的说:对,要求国民党中央依法予以严惩!

1925年秋,又发生了一件事,驻广东花县之第一军教导师补充团(第六十团长)团长李杲(即李岳阳),团党代表(国民党)曾扩情,生活腐败,军纪废弛,鱼肉人民,当地农民协会忍无可忍,奋起反抗,遭到该团屠杀,干部和会员伤亡数千人。

当时《广州民国日报》《国民新闻》刊载揭发后,群情激愤,各界通电声援。

顾浚见大家义愤填膺,满怀激情,不觉也壮怀激烈,他觉得眼前唯一的办法也只能是通电声讨了。

顾浚对大家说:"我来领这个头,出了问题,我首先承担。"

大家纷纷说:联名通电,算我一个!

……

顾浚在起草的通电文字材料上签上了自己的名字,领衔联名黄埔军校官兵 100 余人,通电声讨驻扎在广东花县的第一军教导师补充团团长李杲生活腐化、军纪废弛,屠杀农民协会干部和会员的罪行,要求国民党中央依法严惩李杲、曾扩情纵兵殃民的罪行。

"花县事件"闹得风风雨雨,加上顾浚领衔联名黄埔军校官兵 100 余人的通电声讨,时值北伐军总司令蒋介石进军南昌,闻此消息,急派侍从秘书蒋先云,驰回广州调解。

蒋介石大为震怒:这个李岳阳,军阀作风,生活糜烂,不堪重用;连我最信任的学生,也不给我长进。即便是共产党有意煽风点火,我也不得不办!

蒋介石随即将李杲、曾扩情等人撤职查办。

第十六章
参加北伐

花县事件中,曾扩情和李杲均被撤职,他们对顾浚恨之入骨。

曾扩情被撤职后,心生恐慌,急想被另派工作,即向蒋介石写了一份相当长的报告。曾扩情认为这是军校政治部主任熊雄有计划地策动,让学生们都反对他。于是,便以书面形式,把熊雄支持顾浚等人带头责难黄埔同学会的事密报给蒋介石。

当时,周恩来已离开黄埔军校,熊雄实际上代表党主持黄埔军校政治部的工作。曾扩情自然要把责任推到熊雄身上。曾扩情以为是当时的政治部主任熊雄有计划地策动,遂报告给远在江西指挥北伐战事的蒋介石。

蒋介石看完曾扩情的报告后颇为震怒,向其侍从室秘书蒋先云说:"反对曾扩情就等于反对我。北伐尚未成功,共产党的黄埔学生就如此蛮不讲理,我还能干总司令吗?离了我的领导,看你们共产党的同学还会有什么出息?"

蒋先云反复婉言劝解,并表示愿意亲自回广州进行调查处理,蒋介石才息怒。

蒋介石:"好吧,我是相信你的,你去调查一下,这事一定要处理的。"

蒋先云很快将信息传递给熊雄,要他和顾浚等人注意曾扩情的举动。

顾浚得知情况后,愤怒地道:"这个曾扩情真不是个东西!"

曾扩情给蒋介石的报告的确是一份带有辩白和效忠的报告,意欲壮大力量实施独裁统治的蒋介石正需要千百万效忠于他的人,三天后,立即就为曾扩情安排了新的工作。

蒋介石为曾扩情安排的工作是军校政治部秘书。

曾扩情还没到任,又得到蒋介石的手令,要曾扩情继续留在广州,改派为黄埔同学会筹备员。

黄埔同学会不是一般意义上的群众组织,而是具有如现在的组织部或人事处职责般的组织。黄埔同学的考察、任命和晋升都由这个同学会负责,权力是很大的。作为会长的蒋介石哪有时间来管这些事务,从一定意义上说,是曾扩情代表蒋介石管理着黄埔同学会这个家。蒋介石也是全力支持曾扩情的。

1926年1月,蒋介石辞去国民革命军第一军军长之职,何应钦继任军长,王柏龄任副军长,蒋伯诚任参谋长,周恩来任政治部主任。此时,该军下辖:第一、第二、第三师编制不变;独立第二师改编为第十四师,教导师改编为第二十师。

为了积极准备北伐，又以程潜的攻鄂军，吴铁城的警卫师，胡谦、苏世安的赣军编成第六军，以程潜任军长；将广西李宗仁、黄绍竑的九个旅编为第七军，李宗仁任军长。

蒋介石于黄埔同学会成立后不久，出发到江西，指挥北伐的战事。

黄埔军校从第四期开始，按成绩将学生编入军官团与预备军官团。

黄埔军校四期于1925年7月至1926年1月分7批入校。1926年3月8日开学，分步兵科、炮兵科、工兵科、经理科、政治科，共5个科。方鼎英任总队长。

1926年4月，湖南省代省长唐生智宣布拥护广州革命政府，受到北洋军阀吴佩孚、湖南军阀赵恒惕的重兵围攻。开战起初唐生智节节败退，于是紧急求救广州。国民政府接到唐生智的呼救后，立即派遣叶挺独立团星夜兼程奔赴湘南支援唐生智。

5月1日，叶挺独立团从肇庆出发，翻过湘粤边界的五岭山脉，进入湖南。

10月，黄埔第四期学生毕业后选派参加北伐。部分驻扎在黄埔岛对岸鱼珠炮台和深坑一带，以后又迁到陈家祠，政治科先在沙河营房，后搬迁到黄埔岛的蝴蝶岗炮台校舍。学生军改编为步兵军官团第一团、第二团两个团。

顾浚任第一团第一营第一连少校连长。

第十七章
调防南昌

1926年9月,北伐军出师获捷,北定武汉三镇,东逼苏杭宁沪,声威大震,如日中天,但前线此时也急需补充大批中下级军官。在此形势下,黄埔军校第四期2645名学员毕业了。10月4日,毕业典礼在广州郊区瘦狗岭沙河广场举行,前来观礼的宾客不下万人。

顾浚带领学员方队列队经过检阅台,高声朗诵四期学员誓词:

不爱钱,不偷生。统一意志,亲爱精诚。遵守遗嘱,立定脚跟。为主义而奋斗,为主义而牺牲。继承先烈生命,发扬黄埔精神。以达国民革命之目的，以求世界革命之完成。谨誓。

国民革命军攻克武汉后，1926年10月27日，国民党中央先决定在两湖书院旧址设政治训练班，后改办中央军事政治学校政治科，后将黄埔第五期政治科学员移往武昌就读。

1926年11月，北伐军攻占南昌后，蒋介石特电请党部和国民政府迁到南昌，并令黄埔同学会随同迁去。此时，黄埔第五期开学，所分科目同第四期。

1926年，国民政府建立宪兵团，杭毅为首任宪兵团团长。

1926年3月20日，蒋介石制造了"中山舰事件"。当天，蒋介石在广州召开军事干部会议，宣布军队中不能有跨党分子，国民党员不许加入共产党，已加入的要退出方可留在军队；共产党员必须从第一军中退出。结果，蒋先云第一个跳出来退出了国民党，一点都没有给这个极其看重他的校长面子。让人没想到的是，虽然当众被蒋先云顶撞，蒋介石还是找到蒋先云，试图劝说。可是蒋先云坚决退出国民革命军，回到毛泽东身边工作。

11月，蒋介石将顾浚调往南昌升充宪兵团第一营营长。19日，顾浚来到南昌。

1927年1月，蒋介石于南昌召集"军务善后会议"，决定国民党中央党部及国民政府暂住南昌，党、政、军各高级机关均在南昌。

宪兵团抵达南昌时，团长杭毅赴南京受训，原第三营营长关麟征代理宪兵团团长。关麟征和顾浚在黄埔一期都是出了名的"爱打抱不平"的人物。关麟征号称"黄埔第一"，而顾浚根本不把他放在眼里。

顾浚到了南昌后，并不先去见关麟征，而是直接到一营营部。这让关麟征心中不悦。

朱德于1926年夏天从苏联回到国内，利用旧关系到川军中动员杨森部协助国民革命军北伐，秘密进行共产党的工作。

顾浚想尽快见到蒋先云，但是蒋先云并不在南昌。然而，让他没有想到的是，另一个人正在走向他的身边。

1926年冬天,朱德根据党的指示,准备赶往南昌,联络顾浚。

1927年年初,蒋介石反革命阴谋日益暴露,蒋先云毅然去武汉任湖北省总工会工人纠察总队队长,倡议成立黄埔学生反蒋委员会。

1927年1月初,时任国民革命军第二十军党代表的朱德,离开该军到了武汉。

朱德从蒋先云那里知道顾浚已经到了南昌,于是,他遵照中共中央军委指示,前往南昌,转到当时驻扎在南昌一带的国民革命军第三军朱培德部工作。

朱德同这支滇军部队的高级军官们有着很深的历史渊源:军长朱培德和师长王均、金汉鼎等都是朱德在云南陆军讲武堂的同学,以后又长期在滇军共事,交情很深。朱德与朱培德因品学兼优、表现突出,在讲武堂时就被冠以"模范二朱"的称号。

花园角2号位于南昌市东湖区,是一栋建于20世纪20年代的建筑,整栋房子坐西朝东,老式青砖外墙,雕花飞檐悬于门楣,内有前后两个天井,是一栋两层砖木结构的传统江南民宅。1月下旬,花园角2号迎来了一位新租客,他正是奉命前来南昌的朱德。花园角2号位于市区中心,交通十分便利。这样,它就成了朱德当时在南昌的一个重要革命活动据点。

此时,按照中共中央的安排,朱德率原国民革命军第二十军军官考察团的多名成员来到南昌。当时驻在江西的是北伐军第五方面军总指挥朱培德的部队。朱培德任江西省省长、第五路军总指挥,下辖第三军、第六军和第九军。第三军和第九军都是滇军流亡部队。由于驻守南昌的北伐军第五方面军总指挥朱培德、第三军军长王均等人都是朱德在云南陆军讲武堂的好友,朱德被任命为第三军军官教育团团长、第五方面军总参议、南昌市公安局局长兼警备卫戍司令。

朱德到达南昌的第二天,就与顾浚秘密约见。

朱德说:"我首先转达蒋先云同志对你的问候。另外,转达周恩来同志的意见,就是关于你今后的直接联络人就是我朱德。"

顾浚问:"蒋先云现在怎么样?"

朱德:"他很好。现在正在武汉倡议成立黄埔学生反蒋委员会。为了你的身份不暴露,他以后不再与你直接联系了。你现在在南昌的情况怎么样?"

顾浚说:"我现在的宪兵团一营,大部分都是我的学生,完全可以成为自己的队伍。"

朱德高兴地道:"太好了,你的这个营一定会成为黄埔学生反蒋的骨干队伍。我们党正需要培养革命武装工作的人才,你能够掌控这个营,会对党的工作提供很大方便,尤其是下一步要在南昌开展的活动。"

顾浚也很兴奋:"玉阶兄,你说吧,党组织要我怎么做?"

朱德说:"我考虑在南昌国民革命军第三军创办一个军官教育的团体。"

顾浚:"那就创办军官教育团吧。"

朱德:"军官教育团,这名字好。行,就叫国民革命军第三军军官教育团。你那里要重点守住一营。为了你的处境考虑,防止别人起疑心,你表面上不必介入此项工作,只需要暗里协助就行。"

顾浚:"好,听玉阶兄安排。不到万不得已,我还是按照周恩来同志对我的要求去做,做好一个秘密党员,随时为党准备着。"

于是,朱德着手创办军官教育团,培养革命武装工作干部,以便从各方面展开革命活动。很快,在南昌就成立了国民革命军第三军军官教育团,以培训革命军事干部。朱德亲任军官教育团团长,魏瑾钧任党代表,刘介眉任副团长兼参谋长(后为陈奇涵同志),还建立了团部各机关。经过近一个月的筹备,学校开始接收学员。军官教育团名义上隶属国民革命军第三军,实际上由中国共产党掌握。南昌军官教育团旧址位于南昌市八一大道376号,占地面积2674.24平方米,在清末时曾是清兵的训练场所,后改为江西陆军"讲武堂",是清朝末年原陆军小学堂所在地。军官教育团坐北朝南,包括朱德的办公室、教育团会议室、教职员办公室、宿舍以及传达班、通信班的住房。朱德在这里实施革命的军事政治教育，发展党的组织，扶植和指导南昌及其周围几个县的工农运动。

朱德到南昌创办军官教育团后，滇军各部队的进步青年军官纷纷要求入校学习。江西各地进步青年也赶来报考。到1927年2月中旬，接收学员1100多人。

1927年3月，朱德在南昌举办的军官教育团开学典礼上明确指出，办校必须为革命，不能因袭旧规，必须注意学员的政治进步和思想改造，所学军事知识才能为革命服务。教学计划为两操三讲堂，三操三讲堂，最后是三操四讲堂。政治课主要是讲中国革命问题、农民问题、社会问题等。朱德同志常在纪念周（每星期天早晨举行）或晚点名时讲话。朱德同志的讲话，用马克思主义的观点，对学员进行循循善诱的教育。同时又指出：帝国主义、资本主义是与共产主义完全对立的，无政府主义是乱臣贼子主义，自由主义则是用所谓的"人人自由"造成天下罪恶，都是必须反对的。唯一的真理只有一个，就是共产主义。朱德同志针对蒋介石的一派胡说，进行了有力的批驳。指出，北伐军出师以来，以叶挺的独立团为先锋，这个团共产党员最多，战斗力最强，所到之处无坚不摧，尤以汀泗桥、贺胜桥的战斗最激烈，并继续攻下武昌，占领武汉三镇。蒋介石夺人之功，暴露了其野心。我们要提高警惕，防止扒手把已得的革命果实强夺去。朱德同志充分肯定了孙中山的功绩，指出蒋介石标榜的"三民主义"，不是什么"最革命的主义"，要想依靠大地主、大资产阶级去实行"平均地权""节制资本"是不可能的；要实行国民革命，必须依靠工农，去打倒大地主、大资产阶级。

教育团全团共编为三个营。第一、二营共七百多人，学员大部分是滇军中排级以上的军官、军佐，其中大多是行伍出身的工农子弟。他们在滇军中当兵多年，转战数省，流亡在外，受革命的影响较深。第三营四百多人，大部分是各地选送来的热心革命的青年，少数是江西军阀李烈钧保送的富有人家或其僚属的子弟。

顾浚与朱德常常往来。

第十八章
控制牛行车站

当时,教育团的共产党组织虽是公开的,但党员及其活动是秘密性的。党组织有计划地在进步学员中逐步发展党员,最初每连只有一两人至四五人,到学期结束前,每连已发展到十多人,有的甚至达到全连学员的三分之一。

朱德对军官教育团的学员非常关心。他强调对学员的管理上要注意说服教育,启发教育,严禁打骂。革命军队要求官兵之间、上下级之间亲密无间和思想一致、语言一致、行动一致。他十分关心学员们的政治思想进步,向学员讲解革命形势和全心全意为革命、为广大人民服务的道理。他总是以自己受人压迫、被人剥削的经历、体验来教导学员，还常用一些幽默的言辞和通俗的比喻来揭露反革命的阴谋，解释一些重大事件。

与此同时，顾浚也与《贯彻日报》的经理陈奇涵交往密切。

1925年年初，陈奇涵进入黄埔军校，担任第三期学生总队第一大队第三队上尉队长。2月，由许继慎、陈赓介绍，陈奇涵秘密加入了中国共产党。10月，广东革命政府组织第二次东征，陈奇涵又带领学生军参战。1926年3月，陈奇涵担任黄埔军校第四期政治科大队长。北伐战争前夕，陈奇涵奉党的指示，带领一批黄埔军校和农民运动讲习所的共产党员，以国民革命军总政治部特派员的名义，离开军校，回到江西开展工农群众运动和党的秘密工作。9月中旬，赣南全境光复。陈奇涵随国民革命军从会昌到达赣州，又立即同新成立的中共赣州支部书记朱由铿、陈赞贤等人联系上。他们在赣州城内光孝寺举行随军来赣的共产党员会议，研究了开展革命宣传活动、创办《国民日报》、发动赣南工农群众运动和发展党团组织以及反击国家主义派的破坏活动等问题。赣南的局面打开之后，陈奇涵又以赣东特派员的身份率领萧以佐、曾燕堂、钟赤心等共产党员去抚州，开辟新的革命阵地。10月20日，北伐军攻克临川县城，随即收复赣东各县。陈奇涵等随军入城，先在临川物色和吸收了一批先进知识青年入党；接着，陈奇涵又把一些共产党员分配到抚州下属各县去工作，发展党员，成立党的组织，推动了以临川为中心的整个抚州地区的革命群众运动的飞跃发展。11月8日，北伐军再克南昌，北伐战争在江西战场取得全胜，12月，陈奇涵回到南昌，邀请一些在军队工作的中共党员，捐献自己的薪金，资助创办《贯彻日报》、明星书店和曙光印刷公司，陈奇涵任《贯彻日报》经理。

军官教育团当时名义上隶属于第三军，实际上受中共中央军事部领导；陈奇涵任军官教育团参谋长和中共党总支书记。陈奇涵积极协助朱德在南昌开展革命活动，并以密码直接与武汉的中共中央军委保持联系。1927年2月,教育团从滇军行伍出身的排级以上军官、军佐和各地选送来的工农知识青年中接收学员1100余人,编为3个营。陈奇涵协助朱德除对学员进行严格的军事训练外,还特别注重加强政治思想教育,并有计划地积极开展共产党的活动,在学员中发展中共党员。此外,他们还多次派学员到万安、泰和、吉安、萍乡、抚州、九江、德安等县、市去进行活动,对群众做宣传组织工作,帮助地方建立工会和农协,开展工农运动。

顾浚通过陈奇涵,认识了同龄人工人运动领袖陈赞贤。

3月1日,江西省总工会副委员长陈赞贤在赣州体育场召开的盛大欢迎会上,传达了省第一次工人代表大会精神,表示坚决与反动势力做斗争,为工人阶级谋利益。

3月6日,蒋介石指使驻防赣州的国民革命军新编第一师党代表倪弼派出大批军队,荷枪实弹,包围了会场。一万多工人横眉冷对,严阵以待。陈赞贤在会上慷慨陈词,报告了江西首届工人代表大会盛况,介绍了请愿斗争经过,号召全体工人进一步团结起来,同反革命势力做殊死搏斗。

是日晚,春寒料峭,梆声如泣如诉,这时刚起头更。赣州总工会的会议室里正在开会,筹备纪念孙中山逝世两周年。

突然,新一师秘书胡启儒闯进来,约陈赞贤说有急事相告。

陈赞贤刚走出会议室,胡启儒就说:"今晚县政府开会,倪代表、郭县长派我们来接你。"随即闪入几名便衣武装,不等答话,便簇拥着陈赞贤,将他绑架出了总工会大门。开会的人见势不对,急忙出来阻挡。胡启儒把哨子一吹,反动营长方天指挥士兵封锁了出路,沿街哨兵层层密布,全城戒严。赣县县政府西花厅里,两厢布满了持枪的彪形大汉。倪弼、郭巩、陆剑鸣、贺其燊等人,凶神恶煞地坐在花厅之上。

当晚,陈赞贤遇害。

陈赞贤的被害,震惊全国。全国各地工农和革命团体纷纷通电哀悼，称赞他是为革命英勇牺牲的工人领袖。党中央刊物《向导》和其他进步书刊，纷纷刊载披露烈士被害真相和悼念文章，中华全国总工会发出"反对赣州驻军枪杀工人领袖"的通电，江西省总工会成立了"陈赞贤惨案委员会"。各地唁函唁电如雪片般飞来，声援赣州工人斗争。

为抗议国民党右派暴行，赣州总工会决定举行公祭，全市罢工三天，同时派出两个请愿团，分赴武汉、南昌请愿，强烈要求武汉国民政府、南昌北伐军总司令部和国民党江西省党部严惩凶手，改编并调离新一师，严禁干涉工人运动，抚恤烈士家属。武汉举行了40万人追悼会。

3月6日至17日，蒋介石在抚州、永丰、南昌、九江等地封闭工会农会，捕杀革命志士。

3月17日，蒋介石还派曾扩情、余洒度去武昌拉拢邓演达，但被邓演达婉拒。

3月28日，在中执委政治委员会会议第六次会议上，邓演达报告了南京事件。31日，国民革命军总政治部副主任郭沫若在朱德寓所，撰写了揭露蒋介石叛变革命的著名讨蒋檄文——《请看今日之蒋介石》。这篇文章经陈奇涵之手，由曙光印刷公司印成小册子，在南昌广为散发。

4月2日，国民党中央监察委员会在上海召开会议，讨论如何处置共产党。同一天，方志敏领导南昌工农群众、学生与市民3万余人，在南昌请愿的赣州工人代表团高举陈赞贤烈士血衣游行示威。陈奇涵领导军官教育团也积极参与了这一正义行动。示威群众高呼"严惩凶手、为烈士报仇"等口号，捣毁了右派把持的国民党省党部，解除了省党部纠察队的武装，将抓获的江西AB团头目程天放、曾华英等人绑在南昌新舞台柱子上示众，大长了革命群众的志气。

4月3日，蒋介石发表通电，声明由汪精卫负责党政，自己负责军事。汪精卫停留上海期间，蒋介石劝汪精卫"你切不要到武汉去。你去了一定不能回来,那时你不想做共产党的工具亦不能了。你如果真正为本党,那就要到南京去,然后再请武汉一班中央执行委员过来。如果你到武汉去,国民党还是不能团结,你还是要做本党的罪人"。(李云汉《从容共到清党》)

4月7日,得知上海方面动作频频,武汉方面的鲍罗廷在家召开中央政治委员会临时紧急会议,为了应付目前严重局势,决定将国民党中央党部和国民政府迁往南京,并命令军事委员会准备"以南京为中心之作战计划",以武力对付蒋介石。

4月8日,《申报》报道蒋介石、汪精卫等人在上海召开分共会议。"最后乃共依汪精卫氏之主张,暂时容忍,出于和平解决之途。其主要办法,即于四月十五日召集中央全体执行、监察委员联席会议于南京以求解决。在未开会之前,汪精卫氏赞成暂时应急之办法数条如下:(一)由汪精卫负责通知中国共产党首领陈独秀,立即制止国民政府统治下之各地共产党员,应即于开会讨论之前,暂时停止一切活动,听候开会解决;(二)对中央党部及国民政府迁鄂后,因被(鲍罗廷)操纵,听发命令不能健全,如有认为妨害党国前途者,于汪同志所拟召集之会议未解决以前,不接受此项命令;(三)现在各军队及各省之党部、团体、机关,认为有在内阴谋捣乱者,于汪同志所拟召集之会议未解决以前,在军队应由各军最高级长官饬属暂时取缔,在各党部、各团体、各机关,亦由主要负责人暂时制裁;(四)凡工会纠察队等武装团体,应归总司令部指挥,否则认其为对政府之阴谋团体,不准存在。"(《四·一二反革命政变资料选编》)

1927年4月10日,武汉方面将右派工会领袖郭聘伯等逮捕并处决。同时,南京方面将共产党侯绍裘等人逮捕并处决。

顾浚对朱德说:"反动派已经开始动手杀害革命同志了,我们要准备还击!"

朱德:"我正在考虑,可反击需要武装才有效。"顾浚说:"那就先把宪兵团的问题解决了。"

随后，顾浚提出了配合党组织搞垮宪兵团留守处、活捉关麟征、控制牛行车站的计划。

朱德："好，拿下牛行车站，控制交通要塞。"

顾浚："目前我还不便暴露身份，车站的问题我来控制，具体接收还需要玉阶兄派人配合。"

朱德："好，我让陈参谋长协助你。"

陈奇涵率领军官教育团的学员，配合江西省总工会、农协等14个群众团体的革命群众，一边愤怒声讨国民党右派的血腥罪行，一边向南浔铁路牛行车站运动。

南浔铁路是江西省自办的首条铁路，也是中国早期修建的铁路之一，从九江至南昌，全长128公里。19世纪末，中国的路权和矿权大量落入列强手中。20世纪初，随着国内民族资本主义的发展，收回路权运动逐步发展起来。全国因此掀起商办铁路的高潮，各省纷纷自设铁路公司。据《江西铁路百年图志》记载，1904年10月（光绪三十年九月），江西京官李盛铎等111人联名上书朝廷，请求在南昌设立江西铁路公司，自行修筑铁路，以"自保利权，杜绝列强觊觎"，这就是在全国铁路建筑史上有着重要一笔的南浔铁路了。1905年设总局于省城南昌，名为"江西全省铁路总公司"，并拟订《江西全省铁路开办简明章程》。计划全省修建南北干线一条，从九江至南昌为第一段，其次由南昌达吉安为第二段，再由吉安达赣南接广东铁路为第三段。拟修支线三条，由省城一经广信（上饶）到浙江边界，一经抚州至福建边界，一达萍乡以接萍醴铁路，名曰"江西三支路"。1907年1月23日，南浔铁路在九江举行启土典礼。在之后的十年，南浔铁路的修建曾历经重重磨难。1912年，南浔铁路改为官商合办，聘请一批中国工程师负责施工，正式定名为江西南浔铁路有限公司。但是，1913年7月，李烈钧发起"二次革命"，在湖口召集旧部成立讨袁军总司令部，宣布江西独立，并通电讨伐袁世凯。讨袁军由于寡不敌众，被北洋军击败。因沿途作战材料损失，修建款项用尽，南浔铁路修建工程被迫停工，员工甚至都吃不上饭。不得已，南浔铁路公司只好向外国借款，工程才得以继续。1916年6月6日，历经波折的南浔铁路终于建成通车，铁路共计正线128.35公里，站线79股共长17.30公里，合计总长145.75公里。共设九江、沙河、黄老门、马回岭、德安、永修、涂家埠、新祺周、乐化、南昌10个站。牛行车站建于光绪三十四年（1908年）冬，是南昌最早的火车站，曾是多场历史战争的必争之处。1916年6月，南浔铁路宣告全线贯通，铁轨铺到了南昌，于是南昌有了第一座车站——当时被称为"南昌北站"的牛行车站。位于赣江畔的牛行站与南昌城区中隔赣江，另在省垣章江门外设过渡所，专运旅客过江。牛行车站的建成，改变了以往"接官接府章江门"的习俗，成为南昌对外交通的窗口。它既是南浔铁路的终点站，也是南昌重要的交通门户。这里曾经是高安、新建等地老百姓们卖牛的市场，所以老百姓们更喜欢通俗地把南昌北站称为牛行车站。

此时，顾浚已经带领宪兵团一营全副武装，包围了蒋介石派驻南昌牛行车站的宪兵团留守处。

陈奇涵率领军官教育团赶到牛行车站，命令把宪兵团的枪支全部缴获，并扣押了宪兵团代团长关麟征和宪兵团留守处全部人员。

随后，陈奇涵立即召开军官教育团官兵大会，请朱德讲话。

朱德说："资产阶级已经叛变了革命，大家必须负起责任来，打击这一卑鄙的叛变行为！"

朱德宣布："宪兵团团长由顾浚代理。"

这天，朱德赴临川，由秘书杨达代理公安局局长。为了配合南昌起义，杨达奉命前往丰城杨池生师，任政治部宣传科科长，开展争取和瓦解国民党军队工作。

随着形势的恶化，一些被追捕的共产党员和工农骨干来到军官教育团，陈奇涵对他们都一一做了妥善安排。这样，军官教育团一时成为中共在南昌保存革命干部的场所。

从4月10日开始，赣州人民饱含热泪，倾城出动，公祭陈赞贤烈士。赣州人民的挽联写道:"你死我来,看他怎样?!"

愤怒的群众抓来工贼曹厚清,用梭镖将他刺死在赣州卫府里,以祭奠英灵。

此时已是风雨欲来,紧接着,上海又发生反革命政变。

第十九章 风云突变

1927年3月,蒋介石到达上海后,形势日益紧张。

4月4日,黄埔军校召开中国国民党特别党部党员大会,熊雄发表讲话,表示坚决拥护武汉国民政府中央的"四大方案",反对广东国民党当局破坏国共合作的省党部议案。他还积极参加领导广州的工农革命群众举行示威游行,为保卫革命果实而斗争,不断地揭露和打击国民党右派的叛变活动。

蒋介石唯恐国共合作危及他的专制独裁计划,便加快了反革命的步伐。蒋介石迅速在上海解除工农武装，封闭上海总政治部办事处，捕杀政治工作人员，以"清党"为名大肆屠杀共产党人和工农革命群众。4月12日凌晨1点，上海青红帮全副武装的流氓，身着蓝色短裤，臂缠"工"字袖箍，冒充工人，自法租界乘多辆汽车分散四处，袭击工人纠察队。工人纠察队仓促抵抗，双方发生激战。当天上午，蒋介石指使北伐军占领了上海总工会，并把"上海工界联合会"改名为"上海工会组织统一委员会"，让其盘踞总工会会所，配合军队破坏各工会，拘捕共产党员和工人领袖。反动军队的暴行，大大激怒了上海工人，他们举行了声势浩大的游行。

然而，反动军队接到蒋介石的屠杀密令，埋伏在游行队伍必经的地方，当游行队伍走到宝山路三德里附近时，反动军队突然用机枪向徒手工人群众扫射，当场死亡群众百人以上，伤者无以计数。当时天降大雨，宝山路上一时血流成河！

以后几天内，反动军队大肆搜捕屠杀共产党人和革命群众，仅工人被杀者就有300多人，被捕500多人，逃亡失踪者5000多人。

"四一二"反革命政变后，白色恐怖笼罩着赣州，几乎每天都有革命者被诬以"陈赞贤余孽""共党"等罪名，惨遭杀戮。广东国民党反动当局也于4月15日开始了反革命大屠杀。

4月22日，中国共产党早期青年运动领导人之一、中国青年的良师益友、《中国青年》杂志的创始人之一萧楚女在南京石头城监狱被杀害。

顾浚曾经阅读过萧楚女在《中国青年》《向导》《学生杂志》等报刊上发表的一系列文章，读过萧楚女的《国民革命与中国共产党》和《显微镜下之醒狮派》等专著，为萧楚女的被害而深感痛惜。

5月中旬，熊雄也被秘密杀害，终年35岁。

蒋介石叛变革命，逮捕屠杀共产党人，优秀的中共领袖人物赵世炎、陈延年英勇牺牲。加上熊雄、萧楚女等都惨遭杀害的消息，让顾浚心中悲愤万分，他含泪低吟着：

人世斗争几日平，

漫漫也应到黎明。

听潮夜半黄埔客,

充耳哭声和笑声。

这是熊雄烈士生前留赠给黄埔军校第四期学员的一首短诗,诗中那种以天下兴亡和百姓疾苦为己任的博大胸怀和共产主义远大理想,让顾浚心情激荡不已。

4—5月被逮捕的学员达数百人,并在学校内组织"清党审查委员会"进一步追捕和迫害军校的共产党人。

顾浚愤愤不平,他发狠道:"老蒋之行径,罪当万死!"他多么想找到朱德,诉说自己心中的不平啊。然而,此时的政治形势又不得不让他小心谨慎,他不能感情用事而贸然地到第三军去找朱德。

5月,朱德兼任南昌市公安局局长。刚到任第二天,朱德就找来顾浚。

朱德说:"现在公安局里只是个空壳,要什么没什么,我们急要部分枪支武装农民自卫军。"

顾浚马上说:"这事交给我,我这个营配备最充足,那里有不少多余的枪支。要知道,咱毕竟是习武之人,枪刀剑戟拐子流星,见样都得有。老蒋既然舍得给我个营长干干,那就得给我配齐全家伙什。不然,他还怕我跟他捣蛋呢。"

朱德道:"老蒋未必对你放心。"

顾浚笑道:"那是当然,他怎么会对我完全放心?他虽然还不知道我是秘密共产党员,可是我的共青团身份和江湖义气性格他是清楚的,我在花县事件上让他很难堪,整了一下他的心腹曾扩情,让他又十分窝火,所以他一直不敢重用我。"

朱德提醒道:"这次把你调到南昌,不知老蒋有何用意。你要谨慎,合法行事为好。"

顾浚点点头:"嗯。枪支什么时候要?"

朱德说:"越快越好。"

顾浚问:"交给陈奇涵行吗?"

朱德点头道:"看来你已经有考虑了,对,这事就让他办。"

顾浚笑了:"我和农民自卫队的关系比你玉阶兄还早,我曾经派人送给过他们一些枪支弹药。放心,神不知鬼不觉地就办了,让他晚上带人去取好了。"

朱德:"好,有了枪支,我就亲自带领教导团过去,将枪支交到农民自卫军手里。"

1927年5月,第三军扩编为第三军和第九军,韦杵任第九军(后改为第十一军)第二十八师师长,主要负责江西防务及对南京、安徽方面的警戒。

1927年5月28日,人称"黄埔骄子"、担任党代表兼团长的共产党员蒋先云,率部与张作霖的奉军在河南临颍激战。激战中,他三扑三起,最后被一颗弹片击中,当场牺牲,年仅25岁。

蒋先云的牺牲,更让顾浚悲痛万分。

顾浚实在是等不下去了,他对朱德说:"我们的党不能再坐以待毙了,要赶快行动!"

朱德说:"已经在行动了,你做好思想准备吧。"

周恩来是从5月下旬起开始负责主持中共中央军事工作的。他曾在4月份,起草致中共中央意见书,强调趁蒋介石东南政权没有稳固之际,"下决心讨伐,迅速出师,直指南京"。

6月初,军官教育团奉命返回南昌。南昌市的反动力量,活动日渐加剧,尤以AB团的活动最为猖獗。他们已经控制国民党所有军政机关及一些群众团体,制造白色恐怖。教育团中,反动的国民党教职员和个别学员,也在公开叫嚣"分共"。

朱德以坚定的无产阶级立场坚持反对"分共"活动,领导着全体共产党员和进步师生与这些右派分子和反动分子进行尖锐的斗争,争取了中间分子,孤立了右派分子,打击了反动分子,平息了这一风潮,大大地鼓舞了共产党员和革命分子,保护住了这一部分革命力量。

6月5日，朱培德宣布南昌戒严，令共产党人刘一峰、李松风、方志敏、王枕心等二十二名出境，暂停全省总工会、农民协会活动，收缴农民自卫军枪械，派军警查封工会、农会、学生会，被武汉国民政府任命为江西特别委员会主席，宁汉对立中采取骑墙态度。同时，准备将军官教育团解散。

为了保护革命力量，陈奇涵协助朱德对教育团的干部、学员进行了有计划的疏散，即让军官教育团第一、第二营学员700余人提前毕业，大部派往赣江流域鄱阳湖周围各县和南浔铁路线上做工会、农协工作，或担任工人纠察队和农民自卫军的干部，准备武装斗争；剩下的第三营400余学员，一部分留在南昌，由朱德亲自掌握，另一部分则由陈奇涵带领返回抚州，在赣东临川、崇仁、宜黄、乐安、金溪、进贤、南丰一带开展革命活动。

国共两党的第一次合作彻底破裂，从此，黄埔学校的学生也分别走向了国、共两个阵营。汪蒋合流后，国民革命军再次北伐。

然而，北方的军阀吴佩孚还要准备进攻武汉，张作霖也大军南下，占领了郑州。

武汉国民政府依然面临着严重的威胁。

蒋介石、汪精卫相继背叛革命，疯狂屠杀共产党人和革命群众，血雨腥风代替了生气勃勃的大好局面。

顾浚在此时又获悉：1927年6月9日，国民党反动派令驻省之第十三师十八团团长李务滋，督率全团兵士及十一师炮兵一连跟花县民团纠合一起，于10日晨8时向九湖、莲塘、元田等乡村发起疯狂的进攻。在侯立池等领导下，花县农军总部集结了三千多名农军，占据有利地形，和敌人展开激烈的战斗。农军与数倍于自己的敌人战斗了三天两夜后，才将主力撤到响鼓岭山区继续坚持斗争。

6月17日和20日，周恩来先后两次提出湖南暴动计划，但因共产国际代表罗易的反对，计划没能实行。

在"清共"政策的政治空气笼罩下，6月下旬，朱德被"礼送"出南昌。

顾浚面对这种局势，既焦急又气愤。

7月6日，南京政府特任朱培德为军事委员会委员；7日，朱培德来到上海，经第十四军师长熊式辉安排，与蒋介石密晤。

1927年7月12日，据共产国际执行委员会的指示，中共中央进行改组，由张国焘、李维汉、周恩来、李立三、张大雷组成中共中央临时常务委员会，陈独秀离开中共中央最高领导职位。

第二十章
为起义积极做准备

一开始,中共中央并没有举行南昌起义的计划,当时的决议是组织民众武装起义的新政策,首先制定湘、鄂、粤、赣四省秋收起义方案。同时以中共所能掌握和影响的部分北伐军和基本力量,联合武汉国民党政府第二方面军总指挥张发奎,重返广东,实行土地革命,举行第二次北伐。

1927年7月15日,在武汉的汪精卫实行分共。武汉国民党反革命派公开叛变革命,做出了一系列的反共、反人民的措施。在军队方面,要求共产党退出国民革命军,政治工作人员不准召开会议,政治工作人员必须受军事指挥人员的指挥等。 大批共产党员被逮捕和杀害。 黄埔教官孙炳文、熊锐,学生谭其镜、麻植等英勇牺牲。

历史进入了一个重要的转折关头。

中共中央做出在南昌举行暴动的决定。 程潜、张发奎、朱培德、贺龙军分向湖口、九江、南昌集中,准备分路进攻安徽、浙江,朱培德深恐唐生智乘机兼并江西,故布置重兵警戒,南昌遂兵力空虚。

九江,北临长江,南倚庐山,是南昌与武汉之间的重镇,历来属兵家必争之地。 在国共两党生死较量的关头,这里成了中共秘密掀起一场历史风云的策源地。

7月19日,邓中夏和李立三奉中共中央指示到九江,准备与叶挺等人研究由共产党人指挥的部队联合国民革命军第二方面总指挥张发奎南下的问题。 邓中夏、李立三和谭平山、叶挺、聂荣臻等在九江举行第一次会议,他们认真分析了当前的形势,一致认为张发奎有在国民革命军第二方面军实行"清共"的迹象,因此主张我党"应该抛弃依靠张之政策,而决定一独立的军事行动",叶挺应"即刻联合贺龙率领的二十军与我们一致,实行南昌暴动"。

顾浚在南昌起义的筹备工作中,多次受党的派遣奔赴武昌、南京、上海、广州等地,进行传递情报、筹资购买武器等工作。

朱德于1927年7月21日又秘密返回南昌,住在花园角4号。 他利用滇军中老部下关系的掩护,进行南昌起义的准备工作。

顾浚找到朱德:"要革命,非要有自己的武装才行。"朱德:"我在做起义人员的争取工作。"

顾浚:"我这里随时听命调遣。"

朱德:"好,我在争取金汉鼎、韦杵等人。"

金汉鼎是朱德关系最好的同学和把兄弟,但金汉鼎拒绝了朱德的策反。 最终,朱德认为与老同学韦杵达成了比较牢靠的约定。

朱德亲自找韦杵交谈,共同分析、研究国事,晓以革命大义,韦杵对国民党军队内部各个派系军阀之间的互相讨伐、互争地盘、各霸一方、尔虞我诈,其结果是战祸不断、百姓遭殃的状况十分反感和失望,并对共产党表示同情,故支持共产党的起义。

此时,江西人民掀起了更大规模的罢工、罢课、罢市斗争。南昌召开了数万人大会,庆祝北伐胜利,要求朱培德交还自卫军的武器。

顾浚找到朱德:"玉阶兄,还记得岳飞的《满江红》吗?"

朱德:"没忘。"

顾浚:"好,我再给你背诵一遍:三十功名尘与土,八千里路云和月。莫等闲、白了少年头,空悲切。"

朱德:"顾浚同志,不要着急,我们正在准备着。当前江西的局势十分复杂。当然,更离不开你的配合。"

顾浚:"需要我为党做什么,玉阶兄尽管吩咐。"

二人开怀畅谈。

顾浚向朱德提供了南昌城区及其周围地区的兵力部署,与朱德一起精心绘制出南昌市区军事要点图。

之后,朱德利用自己在滇军中的老关系做掩护,秘密进行起义前的各项准备工作。他先对第三军军官教育团中的共产党员、共青团员及进步青年进行形势教育和政治动员,然后领导党组织对教育团的枪支暗中做了调配,尽量使大多数枪支掌握在党团骨干和进步官兵手中。根据城市作战的特点,朱德还有针对性地给学员安排了几次野外军事训练,进行侦察、搜索和通过复杂地形等演习,并组织了几次夜间紧急集合。

朱德根据顾浚提供的情报信息,很快弄清了南昌及附近的兵力部署以及设防与火力配备情况,并秘密绘制了敌军分布图,详细地标出了街道、地名和兵力、番号、碉堡、火力配备等。对朱德而言,这是他作为共产党员第一次参与的重要军事活动,兴奋与激动在所难免。

第二十一章
南昌起义前夕

7月23日,顾浚突然接到父亲的一封来信:

嘉茂吾儿:

见字如面。月前父曾去信广东,询问儿之近况,一直未见回音,甚念。父知汝秉性刚直,素有侠义良善之心,以至有联名通电之举,以至得罪曾氏等。曾氏有家书控诉儿之所为,言汝不顾乡情,致人受惩。对此父以为吾儿无错,能敢为人先,力挺正道,主持正义,为民请命,乃君子所为也!至于他人闲言碎语,为父不屑一顾,更为儿之正襟感到骄傲。家中一切都好，勿念。近悉儿已带队驻守南昌，心中方安。另有一事告之：因由乡里亲朋，闻儿为一营之长官，有诸多农家青壮年，大都喜好习武健身，知儿侠义，意欲追随吃粮当兵，皆央求为父请说。为父不知军队条律若何，未知可否？如能成行，人数可达三百有余。望儿明示。

……

父亲的信，让顾浚为之一振：能招来三百来人？这是大好事！起义队伍正需要壮大啊！

宪兵团一营本来就是在吃空饷，如家乡人能来当兵，岂不补了空缺？再者，宣汉来的青年，大多能吃苦，且自幼喜好习武者居多，来到军队，稍加训练，即可上战场。

顾浚当即给父亲回信：可速招三百人，近日赶赴南昌！有家中贫穷者前来路费，父亲可为之解决，勿让其家庭负担。

7月24日，邓中夏、李立三、谭平山、恽代英在九江召开第二次会议，进一步研究形势和南昌起义计划，决定让贺龙、叶挺"军队于28日前集中南昌"，准备举行暴动，并急电中央。会后，邓中夏则回汉口将详细情况报告中央。

预定参加起义的部队有：国民革命军第二方面军第十一军第二十四师、第十师，第二十军全部，第四军第二十五师第七十三团、第七十五团以及朱德为团长的第五方面军第三军军官教育团一部和南昌市公安局保安队一部，共2万余人。

在周恩来等于九江、南昌开会做出上述决定的同时，中共中央常委也于7月26日下午再次召开会议，讨论南昌起义以及与之有关的问题。出席会议的有李维汉、张太雷、张国焘、瞿秋白，以及苏联顾问加伦和罗明纳兹等。由于仍对张发奎抱有幻想，加伦又提议：在张发奎赞成回广东和不强迫叶挺等退出共产党这样两个条件之下，与他合作回广东，然后再根据实际情况与之分手，这样较为有利；如果张发奎不同意这两点，我们就在南昌与之分裂，发动暴动而后回广东。

7月26日，当叶挺部队乘车行进到永修县涂家埠山下渡大桥时，因大桥路轨被反动派破坏，不能通行。当地中共党组织立即召集100多名铁路工人抢修大桥，从晚上九时修到次日早晨七时，奋战了一个通宵，才把桥面全部修好，使叶、贺部队得以顺利通过。

7月27日，在南昌花园角4号寓所，朱德正在焦急地等待着一位重要人物的到来，来人将带来在南昌发起行动的部署方案，这个人就是5年前介绍他入党的周恩来。

周恩来等到达南昌，组成前敌委员会，领导加紧进行起义的准备工作。此时，国民党武汉政府的第五方面军（总指挥朱培德）第三军主力位于樟树、吉安、万安地区，第九军主力位于进贤、临川地区，第六军主力正经萍乡向南昌开进；第二方面军的其余部队位于九江地区；南昌市及近郊只有第五方面军警备团和第三、第六、第九军各一部共3000余人驻守。

周恩来、李立三、谭平山等即于7月27日同赴南昌，并即遵照中央的命令，正式成立了前敌委员会；同时决定以贺龙、叶挺、谭平山、周恩来等组织国民党的特别委员会，公开主持暴动。由于考虑到军事上准备不及，又将暴动发动时间由7月28日改为7月30日。

张国焘于当晚八时左右动身，27日到达九江。因为张国焘对于举行起义疑虑动摇，到九江后就与贺昌、高语罕、廖乾吾、恽代英、夏曦等发生了一场争论。

7月27日晚，周恩来到达朱德的寓所。老友相见，分外亲切。朱德详细地向周恩来汇报了南昌军队的情况。看到朱德绘制的兵力图，周恩来满意地说："这份兵要图绘得好极了。你为南昌暴动立了头功！"

7月27日、28日，叶挺、贺龙率领的部队先后抵达牛行车站，并从这里经轮渡过赣江进驻南昌城，准备参加武装起义。

贺龙第二十军和叶挺十一军一部分从九江出发，在南浔线沿途召集军队。7月28日，即八一起义前三天，他们到达了牛行车站。到南昌后,大部分部队从中正桥(八一桥前身,当时为木桥)进城,当时南昌城只有国民党守军朱培德的3000人,他们不得不开门迎客。

朱德出面租下了位于南昌市中山路洗马池的江西大旅社,作为起义的总指挥部。由周恩来、李立三、恽代英、彭湃组成的中共前敌委员会决定7月30日晚举行武装起义,并详细研讨了起义事项。他们成立了以刘伯承为团长,周恩来、叶挺、贺龙为委员的参谋团,下设起义军总指挥部,由贺龙任总指挥,叶挺任前敌总指挥。确定起义方案后,周恩来亲自到第二十军军部拜访贺龙,向他阐明整个行动计划。

然而,当起义准备进行得如火如荼之际,张国焘却于7月29日早晨和中午,突然自九江发密电两通致前委,谓起义宜慎重,无论如何须等他到再决定。张特立谓:起义如有成功把握,可举行;否则不可动,在军队中的同志可退出,到各地农民中去工作。张又说,目前形势,应极力拉拢张发奎,起义须得张发奎的同意,否则亦不可动。当时,周恩来、恽代英、彭湃、李立三等同志都一致反对此项意见,谓起义断不能推迟,更不可停止;张发奎已受汪精卫的影响决不会同意我党的计划;我党应站在领导地位,再不能依赖张。争论数小时未决。

南昌起义前夕,正值分共高潮。叶挺、贺龙部队以"东征讨蒋"的名义开赴九江,当时并没有进驻南昌的安排。叶、贺两人在得知汪精卫、张发奎企图以开会的名义把他们召集上山,解除他们的兵权后,决定不去庐山开会,而把部队开赴南昌。叶、贺两部进入南昌后,又频繁地进行演习、调动。这些非常现象,自然容易引起敌方的关注。

因为等火车,张国焘于7月29日才与恽代英同赴南昌。

风云人物会聚的江西大旅社,在7月30日这天早晨迎来了时为中共中央政治局常委的张国焘。

张国焘到达南昌后,前委立即召开了扩大会议。出席会议的除前委成员周恩来、恽代英、李立三、彭湃以外,还有谭平山、张国焘、叶挺、周逸群等。会上,张国焘以"中央代表"的身份,极力强调"慎重"，并说：国际来电指示，"如有成功把握，可举行暴动；否则不可动"；并极力主张拉张发奎参加暴动或取得其同意，否则也不可动，等等。

抵达南昌的张国焘在前委紧急会议上要求推迟起义，遭到周恩来的严词拒绝，并说明起义部队已经部署。

7月30日下午2时左右，叶挺在百花洲畔的第二十四师司令部所在地一栋教学楼的教室内，召开营以上军官会议。为了保密，会场周围布置了岗哨，严防计划泄露。与此同时，贺龙在第二十军指挥部也召开了团长以上军官会议。

贺龙："今天召集大家来，有件重要的事情谈一谈。"他随手把手里那只大蒲扇一扔，按着桌面站起来："大家都知道，国民党已经叛变了革命，国民党已经死了，我们今天要重新树立起革命的旗帜，反对反动政府，打倒蒋介石。"

说到这里，贺龙眼睛严峻地扫视着到会的人，屋里静静的，吸烟的早悄悄地把烟头掐熄了，打扇子的也停住了手，一个个都定睛望着贺军长。

贺龙把声音压低了些，又说："我们大家在一块都很久了，根据共产党的命令，我决定带部队举行起义！你们，愿意跟我走的，我们一块革命；不愿跟我走的，可以离开部队！"

有人说了句："军长决定怎么办就怎么办，我们坚决跟着走！"

这话道出了人们的心情，大家一致表示：拥护这一行动，坚决起义。

贺龙微笑着道："好，从今以后我们要听从共产党的领导，绝对服从共产党的命令！现在，我们来把起义的计划研究一下。"

南昌大校场。

起义部队中的一个团2000多人黑压压地坐在大校场操场上，唱起了《国际歌》。而他们的隔壁，就是国民党江西省主席朱培德的主力团第七十九团。他们不仅能唱歌，就是探查敌方的营房，那也是"大摇大摆"的!

侦察是在敌人的眼皮子底下进行的。有的起义战士以走街为名,转了几个地方,甚至跑到了敌军的营房里去侦察。即将肉搏的两军,其中一方竟然毫无防备,这可说是军事史上的一大奇闻。

此时,张发奎将偕汪精卫、孙科等来庐山开会和九江《国民新闻》被封闭的消息已经传到南昌。张发奎在多次电邀贺龙、叶挺到庐山开军事会议之后,又来电通知贺龙和叶挺:准于8月1日到达南昌。

在这种形势下,是否发动起义,在客观上已没有再讨论选择的余地。箭在弦上怎能不发?一向温文尔雅的周恩来拍案而起。周恩来提出:"如果我们现在不行动的话,我只好辞职!"

对于张国焘的这些主张,全体前委委员以及谭平山等,都一致反对,尤其反对以张发奎同意与否来决定是否发动起义的主张,认为这种暴动"应当是我党站在领导地位,再不能依赖张(发奎)"。于是前委即决定于8月1日上午4时起义。起义命令由叶挺同志起草,用贺龙同志(时任第二方面军代总指挥)的名义发布。

周恩来签发了绝密的作战命令:"我军为达到解决南昌敌军之目的,决定于明天早晨4时开始向城内外所驻敌军进攻,一举而歼之!"

各部队的指挥员根据本部的战斗任务,开始分头行动,以会朋友、拜访友军等名义有计划、有目的地对敌情和作战环境进行侦察。

街上行人稀少,电灯已经亮了。部队在调动,有的像在集合,有的像是行军。军官们都心中有数,互相心照不宣。

第二十二章
率部参加起义

按照起义分工,朱德领受的是一项特殊任务:设法拖住驻扎在南昌的滇军(第三军)的两个团的团长。

顾浚则是协助朱德控制整个宪兵团。

起义时间就要到了,顾浚把朱德拉到一旁突然提议:"我想将宪兵团第一营交给玉阶兄指挥。"

朱德:"不,你是一营营长,还是你来指挥好。"

顾浚:"不行,我这个营虽然战斗力不错,可是我并不想让他们与其他营相互残杀。我觉得还应尽量争取其他部队一起起义。"

朱德："你的意思是？"

顾浚："把一营交给你，交给党，我放心。如今韦杵因伤病正在九江接受治疗，我觉得他无法按时赶来南昌。他手里的部队很重要，尽量争取过来多一些才好。我的身份虽然有人怀疑，但毕竟没有完全暴露，我只需要把队伍交出来就可以了，他们也不能把我怎么样。"

朱德："你把队伍交出来，岂不是就完全暴露了？"

顾浚："对我的真实身份，只有你和恩来同志等少数人知道，按照我说的，把我扣住，先解除一营武装，把队伍编入起义部队，我就自然可以置身事外了，也免除了暴露身份的问题。一营散了，其他营也没什么战斗力可以顾虑的了，这样也算是一种起义吧。"

朱德："那就这样吧，一营编入起义队伍后，再从农民自卫队和其他部队里抽调部分干部进去，同时收编其他营参与起义的同志，形成团的建制，番号还是宪兵团。此事不对外宣布。"

朱德又问道："起义后，你个人怎么办？总不能把你扣住不放吧？"

顾浚："当然不能扣住我不放，我还要工作呢。"

朱德："我的想法是，放了你，你可以带宪兵团的一部分骨干，继续做其他营的工作，促成起义或者减少对起义部队的抵抗。"

顾浚："这样好。革命必须要有我们自己的武装，搞武装斗争需要更多的人，我们的人太少了。其实，我早已有考虑，我前几天已经联系了宣汉那边，有二三百人要过来跟我一起干，他们正往这边赶，我准备去接他们，然后再与你们会合。"

朱德："还有这事？那队伍可以壮大了。好吧，等老家的人来了，到时候我还把一营交给你，连教导队员一起编成一个团，你担任团长。"

顾浚："再说吧，事不宜迟，先解决一营的事当紧。"

这时，周恩来过来找朱德。

周恩来紧紧握住顾浚的手,深情地说道:"顾浚同志,你辛苦了,也受委屈了。"

顾浚说:"谈不上委屈,你们受的委屈比我大,肩上的担子更重,这我清楚。为了革命,这算不上什么。"

周恩来又问道:"顾浚同志,你对起义还有什么顾虑吗?"

顾浚摇摇头,并向朱德示意。

周恩来政治保密意识很强,在南昌起义的情报保密上,特别注重从源头上严格控制情报的知晓范围,确保军事秘密的安全。

周恩来对朱德说:"宪兵团的事情比军事情报还要重要,一定要保密。"

朱德把刚才与顾浚的谈话要点对周恩来简单做了汇报。

周恩来点点头,对朱德道:"嗯,最好不要暴露顾浚同志,我们还有许多隐秘工作要他去做,那就先按照你们的意思办吧。只要有了顾浚这个营的配合,把住要隘,事情就好办了,起义也必然顺利成功!"

顾浚这时说道:"说干就干,我出来时间不短了,必须出去安排。"

朱德说:"好,你只需把部队集合起来就行了,剩下的事情我来办。"

接着,顾浚通知一营各连长到会议室开会。

顾浚说:"从现在起,宪兵团正式编入第三军军官教育团。"

接着,顾浚主动解下身上的武器:"我自动解职,服从分配。"

一营各连连长见顾浚行动了,也都表示:服从军官教育团的领导。遂将宪兵团一营各连分别编入起义各个部队。

朱德决定用宴请、打牌和闲谈的方式,拖住滇军(第三军)的两个团长,好让起义爆发时敌人群龙无首。

嘉宾楼原址位于今南昌市后墙路,于1919年开业,由商人陆某和军阀督军陈光远的三姨太叶凤英合资创办。作为南昌城辉煌一时的餐饮老店,嘉宾楼是当时的商贾政要们设宴聚餐的首选之地。

朱德决定晚上把吃饭地点安排在这里。朱德做东，宴请老朋友、老部下前来欢宴，被请的客人自然不能不赏光，更何况嘉宾楼的鱼翅席享誉全城。

傍晚，第三军第二十三团团长卢泽明和第二十四团团长萧日文等人到城西街口的嘉宾楼参加宴会。宴会放在嘉宾楼，显示出朱德对两位团长的"另眼相看"。凭借朱德在滇军的威望，两位团长不仅亲自出席，还带上了副官。作为朱培德的手下，这几名团长和团副也深知与朱德相熟可能给自己带来的好处。面对朱德的盛情相邀，他们自然是却之不恭。

为了协助朱德控制局面，顾浚也被列入邀请之列。

顾浚不仅到场，还主动带领一营部分官兵在外围担任警戒执勤任务。

与此同时，第二十军第四团召开各营营长会议，团长贺文选布置了起义战斗任务：第一营，向赣江下游警戒；第二营，在轮渡码头向城里和赣江上游警戒，同时，负责解决车站内敌人巡防队和税务所的武装；第三营，沿铁路线向德安、九江方向警戒，并负责消灭一部分路警。

一切部署停当，计划在预测中进行着。

卢泽明和萧日文等人在朱德预订的包厢里绕席而坐。

宴席上，觥筹交错，猜拳行令，谈笑风生，热闹非凡。宴会在觥筹交错中已持续了两个多小时。

酒足饭饱之后，朱德看了看怀表，趁机提议说："时间还早呢，天又这么热，不如找个僻静之所，再去打几圈！"

几人欣然应允，就到距此不远的大士院32号打牌消遣。

大士院在南昌城西，而朱培德的这两个核心团的驻地在城东。朱德正是想借此长时间拖住这4人，伺机解除这两个团的武装，为起义军主力部队减轻压力。

麻将桌上，几个团长解扣宽衣，掷骰子摸牌，忙得不亦乐乎。

这时，朱德的警卫员按照朱德事先的吩咐，给了团长的卫士们一些钱，让他们到街上去找好吃的、好玩的，还趁机把团长们的枪支藏了起来。而这一切，身在"局中"的那几个军官毫无察觉。

子夜时分，大士院的麻将馆依旧人声鼎沸，烟雾缭绕。几位打牌正在兴头上的团长对于南昌城内的风云暗涌毫无察觉。

然而，情况发生了变化。

午夜，突然传来了一阵急促的敲门声。随后，二十四团的一个副官慌里慌张赶到萧日文面前，结结巴巴地耳语道："指挥部里紧急通知，说贺龙部队一个姓赵的副营长前来密报，今夜共产党要暴动，叫各团立即采取应急措施，严加防范。"

萧日文立刻推开椅子，起身骂道："混账！早干什么了？这种事怎么到现在才来报告？"

两名团长随即离席告辞。

朱德不露声色，沉着应对。

送走"客人"，朱德与顾浚一起迅速赶到指挥部向贺龙总指挥报告，贺龙又立即向坐镇前委秘密指挥所的周恩来汇报。

前委果断决定，起义由原定的 8 月 1 日凌晨 4 时提前到 2 时。

顾浚迅速召集各排排长和共产党员骨干在一家旅社楼上开会，研究有关起义事宜。

顾浚带领的宪兵团第一营的行动也引起了一个人的怀疑，此人就是宪兵团二营特务长饶吉甫。饶吉甫是湖南人，黄埔军校宪兵科学生。饶吉甫察觉到了情况异常。

第二十三章
八一枪声

1927年8月1日2时,在周恩来、贺龙、叶挺、朱德、刘伯承的领导下,南昌起义开始。

胸前系着红领巾,左臂扎着白毛巾,手电筒贴上红十字。按照中共前委的作战计划,起义军各自朝目标发起了攻击。

贺龙的第二十军第一、第二师向旧藩台衙门、大士院街、牛行车站等处守军发起进攻;第十一军第二十四师向松柏巷天主教堂、新营房、百花洲等处守军发起进攻。

此时的顾浚正焦急地等待宣汉那边的来人。他有种不祥的预感:

一定是江北出现了问题，宣汉的人才无法赶到南昌。

但眼前的一切，已经不容顾浚多想了，宣汉的人来与不来已经不重要了，他必须投入眼前的战斗。

顾浚叫来一位老乡，嘱咐迅速到九江方向打探家乡是否来人的消息。之后，他拿起手枪，带领几个人迅速赶往牛行车站。

牛行车站作为南昌的水陆交通枢纽、南昌与外界连接的咽喉，战略位置十分重要。

为了保障南昌起义的顺利进行，起义军总指挥部事先将贺龙率领的国民革命军第二十军贺文选团部署在这里。

贺文选是贺龙的堂弟，他随二师率部驻扎牛行车站一带，严密监视赣江下游和九江方面之敌，并负责歼灭牛行车站的敌军，不准城内敌军渡江逃窜，封锁赣江水道，防止敌军从江上增援。

事先，顾浚并不知道总指挥贺龙的安排。他得知贺文选团的军队已经留守在牛行车站等待命令后，心里便松了一口气。于是派人接触到牛行车站的值勤哨兵，告诫他们：如遇友军攻入车站，千万不要抵抗。

顾浚带队迅速撤回城里。

这时，"叭！——"一声悠长的枪声，从南昌城头发出，冲破了寂静的夜空。一时城内枪声大作。贺文选朝天空打了两枪，跃起喊道："起立！冲——呀！"士兵们冲进院内。

值勤哨兵见状，慌忙举手投降。

院内敌人还没有睡醒，就稀里糊涂地做了俘虏，全部枪支被收缴。

贺文选部顺利地占领了车站。

此时，城内的战斗也打响了。

旧藩台衙门、大士院街，第二十军第一、第二师向处守军发起进攻。

七十一团向驻守在天主教堂、百花洲、匡庐中学的敌人第六军五十七团发起猛攻。

七十二团向贡院内的敌人第三军二十三团发起了冲锋。七十二团三营和龚楚率领的广东农军冲进了敌人第三军二十四团的新营房，全歼了那里的敌人。

……

经过4个多小时的激战，黎明6时，始将第三、第六、第九军在南昌之部队完全缴械。起义军歼敌3000余人，缴获枪支5000余支，子弹百万余发，大炮数门，占领了南昌城。

第二十四章
潜回南京从事地下活动

南昌起义后,蒋介石没有追究韦杵的责任,而是继续命令他带兵围剿"叛军",可能也是看重韦杵的军事才能,想借机拉拢他。不过,韦杵早就厌倦了内战,不愿与自己的旧部和好友为敌,表现得很消极。

当起义成功的消息传到莫斯科后,《真理报》发表文章热情洋溢地预言:"中国一个新的革命中心将要成立了。"

南昌起义爆发时,蒋介石就在南京,听闻起义后,立即召开紧急军事会议,准备调集重兵向南昌进逼，把"叛逆"部队一举歼灭。

8月3日拂晓，雷啸岑同江西省主席李协和（李烈钧）率宪兵团第二营向赣东撤退至河口镇。

雷啸岑又收到顾浚率部"叛变"的消息。他在《十六年南昌政变杂记》中写道："接南昌友函，谓顾浚叛变后，某方借召集会议为名将其驱出营部，即行缴械，而将士兵分散编如（入）各部。""宪兵团顾浚（四川宜〔宣〕汉县人，1922年留学德国与朱德相识，1924年回国进黄埔军校第一期学习，后任该校教官、队长、国民革命军宪兵团少校营长），叛变。"

蒋介石对于顾浚率部参加南昌起义的信息不断传来十分恼火，但却不表露出来，只是悄悄吩咐：尽快查其行踪。

8月3日起，中共前委按照中共中央原定计划，指挥起义军分批撤出南昌，沿抚河南下，计划经瑞金、寻邬（今江西寻乌）进入广东省，先攻占东江地区，发展革命力量，争取外援，而后再攻取广州。8月3日至5日，南昌起义革命军的各部队、革命委员会以及前敌委员会，先后从南昌出发南下，实行中央决定的"以土地革命为主要口号""攻击朱（培德）军后直奔东江""与广东东江农民结合"，然后夺取广州"建立我们政府"的"原定计划"。

顾浚将队伍交给朱德，说："我还有事，不能随队前往。"

朱德："为什么？"

顾浚："我原来联系的宣汉几百人还没到，不知遇到了什么情况，我必须等他们，带着他们一起走革命的道路。"朱德："敌人已经开始围剿，恐怕来不及了。"

顾浚："不怕，实在不行，我就先去南京，完成其他任务。"

顾浚本来打算去找陈奇涵。然而这时陈奇涵正在南丰，没能直接参加起义。起义部队撤离南昌后，反动势力卷土重来，白色恐怖笼罩江西。陈奇涵因带领的队伍中有人叛变，无法坚持活动，只得暂时潜回兴国。不久，在南昌、赣州、吉安、九江等地工作的兴国的共产党员,也由于国民党新军阀大肆搜捕、屠杀无法立足而相继潜回兴国。

最后,顾浚只好打消去找陈奇涵的念头。

顾浚离开南昌城后,又等了一天,仍不见家乡的队伍。

就在顾浚刚刚离开南昌之际,他并不知道父亲顾际泰为他招募了牟多福、牟多贵、顾吉行等300名青壮年已经行至武昌。此时,去南昌的路径已经被封锁,这些人没能参加起义部队。几天后,又打听说起义队伍已经离开了南昌,顾浚也不在南昌了。

顾浚见到朱德后向朱德提出要潜回南京从事地下工作。

朱德说:"蒋介石已经对你怀疑,在到处找你。你去南京岂不是自投罗网?"

顾浚不在乎地道:"老蒋怀疑我不是一天两天了,他什么时候放心过我?我是一名秘密党员,只要没有叛徒出卖,他再怀疑,我也要坚持应对他的怀疑。"

朱德:"你有应对的办法没有?"

顾浚:"所有的办法都没有十足的把握,只能冒死一试。周恩来同志对我的要求就是坚守,继续从事地下活动。我不惧怕死的!"

朱德无奈地摇摇头,叹息道:"可惜,恩来同志已经离开了,也只有他能说服你。"

顾浚:"这几年,我一直按照特殊党员的标准来要求自己,放弃了任何做官的机会,我不求升迁,只求为党为民默默地付出,以合法的身份进行对敌斗争。就是周恩来在,相信他也会让我这么做下去的。"

朱德见顾浚去意已决,只好说:"好吧,那你就去南京吧,一定要小心谨慎,多多保重!"

顾浚:"玉阶兄,你现在已经在明处,我好歹还在暗处,你面临的处境也会更加险恶,你也要多保重!"

8月5日,朱德率领起义部队撤离南昌,向赣东进发。

顾浚未随军行动。

顾浚于8月上旬动身去南京。行至南昌西部的河口镇路遇江西省主席李协和（从南昌逃至这里后，因患咯血症在此治疗休养）。

顾浚为了回南京能顺利地开展工作，想利用李协和给总司令发封电报，证明自己没有参加南昌起义。于是，自拟了一张本人致总司令的电稿，拿去要原南昌行营专员雷啸岑向蒋介石拍发。

顾浚要雷啸岑以李协和名义发一电至总司令时，雷啸岑很不情愿，因顾浚策反宪兵团之事他完全知道。但是迫于压力，雷啸岑只好拟了一张电稿，顾浚看后才离去。

此事直到1934年，雷啸岑在《现代史料》上发表的《十六年南昌政变杂记》一文中记叙道："忽见顾浚匆匆而至，谓所部叛变，本人因不肯附逆逃出。言毕，出电稿一张嘱余代发。彼要求余用李协和名义发一电致总司令，证明其未附逆。不得已，乃拟一稿以示之，彼出营门，余将电稿撕碎……"

顾浚经过十余天的艰苦跋涉，于8月中旬才抵达南京，即受到蒋介石冷待。

对于顾浚，当时不少人主张枪决。

尽管有诸多对顾浚不利的攻击，但蒋介石还是不相信顾浚会有意背叛他。他对顾浚一向器重，尽管有人说顾浚有通共嫌疑，却查无实证，虽说宪兵团一营集体被朱德缴械，但顾浚作为一个营长也是迫于无奈，尚可说得通。所以，蒋介石一直未批处决顾浚。

就在此时，正好蒋介石下野了。

顾浚回到南京后通过各方面活动，得到总司令部核准等候安排工作。

这时，蒋介石已密令南京、上海等地捉拿黄埔学生中的共产党员及其与共产党有关的左倾分子。

黄埔同学会秘书曾扩情接受了蒋介石的密令，安排人员侦探四处，密布车站、码头、旅舍、茶馆、酒楼。

曾扩情发现顾浚回到了南京，不由旧恨陡起，好不容易有了报复顾浚的机会,他怎么能够放过？　随即与南京警备旅副旅长李杲勾结。

李杲对当年顾浚联名通电的事耿耿于怀。于是,二人联名签呈蒋介石,称顾浚潜来南京从事特务工作,阴谋策动兵变。

蒋介石认为:曾扩情能够站出来告发顾浚,这表明了曾扩情是忠诚于他的。也正是由于这次对顾浚的告密,之后曾扩情的职务不断得以升迁。

在南昌因为发生了宪兵打死南昌总工会干部的事件,关麟征从南昌逃走后也到了南京。这时,从南昌逃回的关麟征也跑到蒋介石处告密。关麟征在蒋介石最失意的时候跑去拜访,从此获得蒋介石的信任。

关麟征对蒋介石说:"本人在南昌抓捕的共产党员,全被顾浚放了。"

蒋介石认真地听着,关麟征继续说:"顾浚的言行一贯反对校长,而他此番回京是带着共方的使命来的……"

蒋介石深知最为痛恨顾浚的是李杲,当年的"花县事件"让蒋介石十分懊悔,上了共产党的当,随即密令警备旅副旅长李杲将顾浚秘密逮捕。

第二十五章
被捕就义

顾浚在南京的行踪很快被人察觉。

一天夜里,警备旅副旅长李杲得知了顾浚的确切住所,立即派兵前往顾浚住处将其逮捕。

顾浚并没有反抗,他也早预料到会有这么一天,只是这一天来得有些突然。顾浚刚刚得知蒋介石正在密令抓捕韦杵,可惜还没有来得及见上韦杵一面。

顾浚被押上车,他无所畏惧,大声吟诵:

生不足惜,

死不足惧。

自是一番壮怀激烈!

顾浚被囚于南京老虎桥监狱。老虎桥监狱位于南京老虎桥 32号。北洋政府时期江苏有三大监狱:第三监狱在苏州;第二监狱在上海;第一监狱在南京,即老虎桥监狱。

老虎桥监狱的前身是光绪年间修建的"江宁罪犯习艺所",仅收容江宁府的犯人。宣统即位后改为"江南模范监狱",规模进一步增加,犯人扩大到江苏全省,还收容安徽、浙江等地的犯人。辛亥革命爆发后,监狱更名为"江苏江宁监狱",到了北洋时期又改为"江苏第一监狱",民国政府定都南京后沿袭此名。南京老虎桥为何以"老虎"为名?老虎桥,原为进香河上的一座桥,因临近监狱,旧时称入狱如同入虎口,桥因此得名。

顾浚虽身陷囹圄,但仍泰然自若,神情昂扬,对前来探望他的青年们说:"你们不要为我担心,我顾浚所做之事,于天于地于我中华民族无愧。他们能把我怎样?再说,总司令也不会轻易处置我的。"

一天,在南京读书的同乡余仲尧、冉孝瑞去看望他时他说:"我即使为革命牺牲,也毫不足惜。希望家乡在外青年不要因我而受到不好的影响,你们应当看到中国的未来,选择好自己要走的路⋯⋯"

同乡们见天气炎热,顾浚还身着戎装革履,于是特地为他买了一条灰色短裤、一件白色线衫和一双黄色的牛皮拖鞋。

顾浚对同乡们的盛意十分感激,他说:"将来,我若能获释出狱,一定报答你们!"

1927 年 8 月 18 日,第二十军在瑞金以北击败敌军一部;19 日,起义军占领了瑞金。

敌南路总指挥钱大钧部第二十师、第二十八师、新编第一师及补充团共 10 个团,集结于会昌一带,以会昌城为中心,在城东北地区、城西北之南山岭、城西之寨崬一带构筑工事防守,环绕会昌城的贡水沿岸也构筑了工事;桂军黄绍竑据部约 7 个团,集结于白鹅墟附近地区,与会昌成掎角之势,企图堵击我军。

前委在瑞金决定：必须先击破会昌之敌，才能向广东进军。攻击会昌的计划大概如下：朱德同志指挥教导团和第二十军一部分，向会昌东北之敌进攻；第十一军二十四师和二十五师，向会昌西北之敌进攻。第二十军一部位于瑞金附近，由贺龙同志指挥策应各方。全军于24日早上进行总攻击。前委指示各部，必须进行深入的战斗动员，指出这次战斗的重要性，一定要把敌人打垮，占领会昌。经过动员，部队战斗情绪很高。

24日中午，顾浚得知起义部队在攻打会昌的消息，心中高兴，他反复吟诵着岳飞的词句：

"怒发冲冠，凭栏处、潇潇雨歇。

抬望眼、仰天长啸，壮怀激烈……"

然而，顾浚没有想到的事发生了。

8月24日下午4时左右，几个便衣特务闯进监狱谎称："你的案子还没了结，司令部要给你换个地方。"

来人对顾浚不绑不铐，态度十分温和。

顾浚不觉地随几个便衣特务到了鸡鸣寺山下。鸡鸣寺周围是一片小树林，山上没有游人，显得异常寂静。在这荒山野岭，顾浚感到情况有些不对劲，顿时警觉起来。怎么来到这个地方了？难道他们要在此下手？

顾浚虽然料到大事不妙了，但他依然保持冷静。他冷笑道："有什么阴招？尽管使吧，我没做亏心事，不怕鬼敲门！"

就在此时，"砰——"一声罪恶的枪响，打破了鸡鸣寺的沉寂……瞬间，一切都那样地无声无息、庄严肃穆，仿佛在为顾浚静默、致哀。

时年32岁的顾浚就这样倒下了，他悄然地离开了人世。

顾浚被害的消息传开，同乡得知后，纷纷赶赴鸡鸣寺，见顾浚倒在地上，上身还是那一件白色线衫，下身是灰色短裤，黄色的牛皮拖鞋还在脚上。

顾浚死得那样匆忙，那样突然，分手不过两天，竟被杀害，大家不禁凄然泪下。

同乡们含着泪说："顾浚，你放心地去吧，我们一定以你为榜样，走你所走的路！"

同乡们筹钱买来衣衾棺木，将顾浚安葬于鸡鸣寺。

对于顾浚的牺牲，国民党军官有一些人是知道其中的来龙去脉的。后来，曾扩情在回忆这段历史时说："第一期同学顾浚，以他在南昌任宪兵营长时有出卖宪兵团与共产党，几使其副团长关麟征险遇不测的罪名公开押赴鸡鸣寺山下执行枪决。"这就是顾浚的所谓"罪名"。

顾浚倒下了，但革命没有停止。

就在同一天的早上，教导团、第二十军第三师和第十一军第二十四师，首先向敌人进攻。敌人依据优势地形和工事顽强抵抗，战斗极为激烈。朱德同志指挥城东北方面的部队积极动作，吸引了很多敌人，有力地配合了城西北方面的第二十四师和第二十五师的进攻。

会昌战斗以后，起义军折回瑞金，经汀州、上杭入广东。第二十五师担任后卫，并掩护几百名伤员和大批武器运往汀州。这些伤员和武器，需要很多运输力运输。由于会昌、瑞金等地沿途群众的热情援助，伤员和武器都迅速地运到了汀州。此后，部队向广东前进时，又得到汀州、上杭等地人民的热情帮助，伤员和武器又很顺利地运到了潮汕。

南昌起义部队打到广东后，在潮汕失败了。失败后保留下来的一部分力量，几经艰苦转战，后来到了井冈山，成为红军最初的来源之一。

这支中国人民自己的武装，由于党的领导，由于毛主席和朱总司令的亲自领导、组织、指挥、教育、培养，建立了与人民的血肉关系，克服了许许多多的困难，战胜了国内外凶恶的敌人，使人民的军队由小到大、从弱到强，成为一支保卫祖国社会主义建设、保卫世界和平的不可战胜的力量。

1942年，中共中央组织部将顾浚列入了《军队烈士英名录》。

2005年，中共党史出版社出版了《中国共产党历史上的1000个为什么（全2册）》，书中提出了一个问题：为什么说国民党军宪兵团第一营也属于八一南昌起义的战斗序列？在中国共产党领导下的八一南昌起义中，一部分国民革命军也随之参加了起义。中华人民共和国后不少史料都刊出了他们的战斗序列，但国民党军宪兵团从来没有人提及过。经查对核实，国民党军宪兵团第一营应列入起义部队的序列。国民革命军总部南昌行营专员雷啸岑《十六年南昌政变杂记》中写道："宪兵团顾浚（四川宜〔宣〕汉县人，1922年留学德国与朱德相识，1924年回国进黄埔军校第一期学习，后任该校教官、队长、国民革命军宪兵团少校营长），叛变。某夜2时许，宪兵团二营特务长饶吉甫（湘人，黄埔军校宪兵科学生）来叩余室，谓：第一营顾浚已受某方运动，实行叛变，现在某街某号楼上开会。如将其逮捕，即能预知逆谋，请你紧急处置。余以兹事体大，宜慎重，候明早再相机办理。饶谓：宪兵团只有第一营才有战斗力，其余皆新兵，若实行叛变，必将其余部劫持而行则大势已去。第三日拂晓，雷啸岑同江西省主席李协和率宪兵团第二营向赣东撤退，适至河口镇，接南昌友函，谓顾浚叛变后，某方借召集会议为名将其驱出营部，即行缴械，而将士兵分散编如〔入〕各部。"由此可见，顾浚领导的国民革命军宪兵团第一营参加了八一南昌起义，应属革命军队。顾浚也以其大无畏的精神永垂史册！

尾　声

关于顾浚被确认为革命烈士，则经历了一个曲折漫长的过程。

有些党史资料载：南昌起义后，不知什么原因顾浚并未随部队南下，而是转至南京。蒋介石即密令南京警备司令李杲（李岳阳，一作李果）将其逮捕囚于老虎桥模范监狱处决。

根据奉正明《三张照片——为顾浚烈士昭雪前后》一文，顾浚牺牲后，未见其被害的具体材料。有的说"顾浚是国民党军官，能力强，是国民党内部狗咬狗打死了的"，有的则说"顾浚是叛徒"，等等。众说纷纭，各执其词，不得其解。1949年后，其孙顾庆祝多次提过祖父是革命烈士的申请，但一直未得到结果。"四人帮"被打倒后，顾庆祝继续写申诉，先后向全国有关单位发送信件50余封，希望能尽快将祖父之死因弄个明白，可回信均说"时间久了，未发现顾浚的有关材料"，宣汉县委党史工委对顾浚历史问题的落实，极为重视，派人跑了半个中国落实材料，也一无所获。《档案法》颁布后，人们的档案意识增强了，顾庆祝找出了父亲珍藏60多年的3张照片，即1923年顾浚与朱德等在德留学的合影，1925年顾浚与王维舟（原中央委员）等在武汉的合影，1926年顾浚在黄埔军校的照片。他将这三张照片翻拍加洗20多张，与申述一起，分别寄送国务院、中央军委、中共中央组织部、南京市委、南昌市委、四川省委、达县地委、中共宣汉县委等20多个单位，要求给其祖父落实烈士政策。时过不久，中共中央组织部复信中共宣汉县委组织部,称"顾庆祝寄来祖父顾浚照片等均收悉,经查对,早在 1942 年,延安老同志座谈会上,顾浚已被决定为烈士,而今还记载于中央组织部档案处《军队烈士英名录》:'顾浚,黄埔一期生,四川宣汉人,1927 年南昌起义后在南京遇害……'"

1988 年,中共宣汉县委党史工委根据顾浚所遗下照片和上述情况等线索,进一步收集材料,为顾浚烈士写了 700 余字的《顾浚传略》(已载入《宣汉党史资料》第九期、《成都大学学报(社科版)》1988 年第 2 期了,为顾浚烈士正了名分。 顾庆祝见此传略,激动得热泪盈眶,感慨万端地说:"祖父的历史问题能弄清楚,全靠 3 张照片,照片是历史明镜。"他即席表态,将 3 张珍贵照片奉献给县档案馆珍藏。

2017 年,在中国人民解放军建军 90 周年纪念日前夕,由中共南京市委宣传部、南京市雨花台烈士陵园管理局、南京市地方志编纂委员会办公室联合主办的纪念建军 90 周年"雨花碧血映军魂"专题展览上,第一部分就是顾浚与邓中夏、恽代英、朱克靖、袁国平、周子昆、张炽、于以振、吴振鹏等 9 位为八一南昌起义做出贡献的雨花英烈事迹。 其中,6 位雨花英烈事迹中本身就有关于南昌起义的记录。 此前,南京雨花台烈士纪念馆研究人员发现,烈士家乡四川省宣汉县党史部门发表的几篇文章里,提及顾浚烈士参加过南昌起义。 为了核实顾浚的烈士身份,纪念馆工作人员杨海龄、郭蕊前往四川省宣汉县党史办,从该办档案室顾浚烈士的卷宗里,查询到 1984 年 8 月 20 日中央组织部给宣汉县委组织部的公函抄件里记录,《军队烈士英名录》有"顾浚烈士资料"。 后来经地方办公室和广东省委党史研究室原主任、《共产党人与黄埔军校》一书作者曾庆榴确认,他此前撰写《共产党人与黄埔军校》时收集的档案文献里找到了《军队烈士英名录》的记录,从第 9 页上发现了顾浚烈士的记录,并与南昌八一起义纪念馆沟通确认他参加过起义,从而最终核实了顾浚的烈士身份和事迹。

笔者为了撰写顾浚烈士的革命事迹,沿着烈士生活和工作的轨迹,跑遍了四川、湖北、江西、广东、湖南、浙江、江苏、上海等地,查找党史和文史资料，走访了当年有关事件的知情人以及后代，同时查阅了顾浚烈士同时期以及同乡的相关佐证资料，理清了顾浚烈士生前的革命履历脉络，并重点核查了黄埔军校档案资料、南昌起义资料和烈士遇难地雨花台纪念馆等方面的相关资料，从而撰写了该书稿。

　　九十多年过去了，鸡鸣寺附近几经改建，顾浚的坟墓已无处可寻，但他那英俊魁梧的形象却永远活在人们心中。

参考文献

1. 中共中央组织部，军委总政治部编印：《军队烈士英名录》。
2. 中共宣汉县委党史资料征集办公室编：《宣汉文史资料选（第一集）》，1983年版。
3. 中共宣汉县委党史工作委员会编：《宣汉党史资料》。
4. 《宣汉文史资料》编辑委员会编：《宣汉文史资料（第三集）》。
5. 《中共党史研究》，1989年第6期。
6. 罗政球著：《走进南昌起义》，解放军文艺出版社1997年版。
7. 王跃文著：《黄埔军校同学录》，湖南人民出版社1998年版。
8. 《成都大学学报（社会科学版）》，1988年第2期。
9. 《四川档案》，1990年第2期。
10. 刘振华著：《八一起义前后的南昌公安局》，江西高校出版社2001年版。
11. 梁尚贤著：《国民党与广东农民运动》，广东人民出版社2004年版。
12. 法剑明，王小玲主编：《南昌起义史话》，江西人民出版社2012年版。
13. 中国黄埔军校网有关文献资料。
14. 南昌八一起义纪念馆陈列部资料。

雨花忠魂·雨花英烈系列纪实文学

《流火：邓中夏烈士传》　　　　　　　　龚　正 著
《落英祭：恽代英烈士传》　　　　徐良文 于扬子 著
《去留肝胆：朱克靖烈士传》　　　　　　王成章 著
《夜行者：毛福轩烈士传》　　　　　　　周荣池 著
《残酷的美丽：冷少农烈士传》　　　　　薛友津 著
《爱莲说：何宝珍烈士传》　　　　　　　张文宝 著
《飙风铁骨：顾衡烈士传》　　　　　　　邹　雷 著
《碧血雨花飞：郭纲琳烈士传》　　　　　张晓惠 著
《"民抗"司令：任天石烈士传》　　　　　刘仁前 著
《青春永铸：晓庄十烈士传》　　　　　　蒋　琏 著

《文心涅槃：谢文锦烈士传》　　　　　　周新天 著
《丹心如虹：谭寿林烈士传》　　　　　　刘仁前 著
《云间有颗启明星：侯绍裘烈士传》　　　唐金波 著
《风向与信仰：金佛庄烈士传》　　　　　李新勇 著
《栽种一棵碧桃：施滉烈士传》　　　　　蒋亚林 著
《雄关漫道：陈原道烈士传》　　　　　　杨洪军 著
《忠贞：吕惠生烈士传》　　　　　　　　辛　易 著
《红骨：黄励烈士传》　　　　　　　　　雪　静 著
《热血荐轩辕：李耘生烈士传》　　　　　张晓惠 著
《世纪守望：徐楚光烈士传》　　　　　　李洁冰 著

《以身殉志：邓演达烈士传》　　　　　王成章　著
《逐潮竞川：孙津川烈士传》　　　　　肖振才　著
《生命的荣光：朱务平烈士传》　　　　吴万群　著
《信仰无价：许包野烈士传》　　　　　裔兆宏　著
《金子：杨峻德烈士传》　　　　　　　蒋亚林　著
《血花红染胜男儿：张应春烈士传》　　李建军　著
《青春祭：邓振询烈士传》　　　　　　吴光辉　著
《任凭风吹雨打：罗登贤烈士传》　　　龚　正　著
《红灯永远照亮中国：吴振鹏烈士传》　曹峰峻　著
《青春的瑰丽：陈理真烈士传》　　　　薛友津　著
《长淮火种：赵连轩烈士传》　　　　　王清平　著
《青春绝唱：贺瑞麟烈士传》　　　　　刘剑波　著
《逐梦者：刘亚生烈士传》　　　　　　李洁冰　著
《抱璞泣血：石璞烈士传》　　　　　　杨洪军　著
《新生：成贻宾烈士传》　　　　　　　周荣池　著

《血色梅花：陈君起烈士传》　　　　　杜怀超　著
《文锋剑气耀苍穹：洪灵菲烈士传》　　张晓惠　著
《红云漫天：蒋云烈士传》　　　　　　徐向林　著
《在崖上：王崇典烈士传》　　　　　　蒋亚林　著
《生死赴硝烟：夏雨初烈士传》　　　　吴万群　著
《八月桂花遍地开：黄瑞生烈士传》　　辛　易　著
《英雄史诗：袁国平烈士传》　　　　　浦玉生　著
《青春风骨：高文华烈士传》　　　　　吴光辉　著
《魂系漕河四月奇：汪裕先烈士传》　　赵永生　著
《犹有花枝俏：白丁香烈士传》　　　　孙骏毅　著

《向光明飞翔：朱杏南烈士传》　　　梁　弓 著
《长虹祭：陈处泰烈士传》　　　　　李洁冰 著
《浩气长存：周镐烈士传》　　　　　胡继云 著
《山丹丹花开：胡廷俊烈士传》　　　杜怀超 著
《铁血飞雁：赵景升烈士传》　　　　陈绍龙 著

《壮怀激烈：顾浚烈士传》　　　　　梁成琛 著
《麟出云间：姜辉麟烈士传》　　　　杨绵发 著
《燃烧的云：谢庆云烈士传》　　　　晁如波 著
《一饫余香死亦甜：黄樵松烈士传》　赵永生 著
《于无声处：李昌祉烈士传》　　　　刘晶林 著
《正气贯长虹：高波烈士传》　　　　陈恒礼 著
《向死而生：陈子涛烈士传》　张荣超　谢昕梅 著